双葉文庫

はぐれ長屋の用心棒

居酒屋恋しぐれ

鳥羽亮

目次

この作品は双葉文庫のために書き下ろされました。

居酒屋恋しぐれ　はぐれ長屋の用心棒

第一章　居酒屋

一

……一杯、やっていくかな。

菅井紋太夫《すがいもんだゆう》は、居酒屋、浜富《はまとみ》の店先でつぶやいた。店先の暖簾《のれん》の向こうに、酒を飲んでいる男たちの姿が見えた。

菅井は大きな風呂敷包みを抱え、大刀を腰に帯びていた。菅井は、両国広小路《ひろこうじ》で居合抜きの見世物をした帰りだった。大道芸である。風呂敷包みには、見世物のときに遣った高下駄、三方《さんぼう》、襷《たすき》などが入っていた。

菅井は五十過ぎだった。総髪が肩まで伸び、面長で顎《あご》がとがっていた。頬が肉をえぐりとったようにこけている。貧乏神を思わせるような陰気な顔をしていた。

浜富は、本所元町《もとまち》の竪川《たてかわ》沿いに店を構えていた。ちかごろ、菅井は広小路からの帰りに、浜富に立ち寄って酒を飲んで帰ることが多かった。菅井の住む長屋は本所相生町《あいおいちょう》一丁目にあり、浜富は両国広小路からの帰り道筋にあったのだ。

菅井は浜富の暖簾をくぐった。

「いらっしゃい」

と、女の声がした。

声をかけたのは、店の奥の竈《かまど》の脇にいたおあきだった。竈には大鍋がかかっていて、湯気が上がっている。おあきは、煮物の入っている小丼《こどんぶり》を手にしていた。客に出すところらしい。

「菅井の旦那、そこに掛けてくださいな」

おあきが、店の隅のあいている長床几《ながしょうぎ》に手をやって言った。

おあきは、大年増《おおどしま》だった。色白で、ふっくらした頰をしている。おあきは出戻りだと、菅井は聞いていた。

五年ほど前、おあきは屋根葺《やねふ》き職人に嫁いだが、その男が足を滑らせて屋根から落ち、地面に置いてあった材木の角に、頭を打ち付けて亡くなったらしい。その後、おあきは浜富にもどり、父親の岡造《おかぞう》とふたりで、浜富を切り盛りしている。

菅井があいている長床几に腰を下ろすと、おあきはそばに来て、

「肴《さかな》は、どうします」

と、笑みを浮かべて訊《き》いた。色白のふっくらした頰が、ほんのりと朱に染まっている。何とも色っぽい。

「大根と蒟蒻《こんにやく》をもらおうかな」

菅井が照れたような顔をして言った。

浜富で出す肴は、奥の竈にかかっている大鍋で大根や蒟蒻などを煮込んだものと、漬物ぐらいである。客のなかには肴を頼まず、酒だけ飲んで帰る者もすくなくなかった。

「すぐ、用意しますよ」

おあきは、そう言って竈の方へもどった。

菅井が長床几に腰を下ろして待つと、父親の岡造が、ちろりと猪口《ちよく》を持って菅井のそばにきた。ちろりは酒をあたためるための銅製の容器で、居酒屋では徳利でなくちろりが多く使われる。

「菅井の旦那、居合の見世物の方はどうでした」

岡造が、小声で訊いた。岡造は菅井が、両国広小路で居合の見世物の帰りに立ち寄ったことを知っているようだ。

岡造は、還暦ちかい歳であろうか。丸顔の額に皺《しわ》が寄り、白髪交じりの髷《まげ》が頭頂にちょこんと載っている。

「まァ、まァだ」

大道芸の居合の見世物はいつもと変わらなかったが、居酒屋で飲む程度の実入りはあった。

「お注《つ》ぎしやす」

岡造はちろりを手にし、菅井の猪口に酒を注いだ。

その岡造と入れ替わるように、おあきが小丼を手にして菅井のそばに来た。小丼には煮込んだ大根と蒟蒻が入っていた。湯気がたっている。

「旦那、あたしにも注がせて」

おあきが、ちろりを手にして笑みを浮かべた。

「すまんな」

菅井は目を細めて猪口を差し出した。

菅井はおあきに酒を注いでもらいながら、

……おふさに、似ている。

と、思った。

おふさは、まだ菅井が若いころに死んだ女房だった。おあきの色白の頬やちいさな花弁のような唇が、おふさに似ているような気がしたのである。

「おあき」

菅井が小声で言った。

「なに」

「一杯、飲むか」

菅井がちろりを手にした。

「あたし弱いから、一杯だけ」

おあきは、すぐに奥にもどり猪口を手にしてきた。

そして、菅井が注いでやった酒を飲み干すと、フウと息を吐いてから笑みを浮かべ、

「ゆっくりしていって」

と言って、その場を離れた。

おあきが、店の奥へもどりかけたときだった。突然、店の戸口近くで客の悲鳴がひびいた。男の怒声が聞こえ、長床几がひっくり返り、ちろりや肴の入った丼などが土間に転がった。何人かの客が慌てて店の奥へ逃げ込んだり、物陰に隠れたりした。戸口から外へ飛び出した客もいる。

男が三人、店先に立っていた。いずれも小袖を裾高《すそだか》に尻《しり》っ端折《ぱしょ》りし、両脛《りょうずね》を露《あらわ》にしていた。遊び人のようである。

三人は下卑《げび》た声を上げながら、さらに店のなかに入ってきて長床几を蹴ったり、ちろりや丼を手にして投げつけたりし始めた。

岡造が奥から飛び出し、

「や、やめてくれ！」

と、悲鳴のような声を上げ、暴れている男の袖をつかんだ。必死の形相である。

「糞爺《くそじじ》い、てめえがおれたちの言うことを聞かねえから、こういうことになるんだ」

そう言って、袖をつかまれた男が、岡造の肩を突き飛ばした。

ワアッ！

岡造が悲鳴を上げてよろめき、後ろに置いてあった長床几に足をとられて土間にひっくり返った。

「おとっつァん！」

おあきが、岡造のそばに駆け寄った。

二

菅井は、傍《かたわ》らに置いてあった刀を手にして立ち上がった。そして、刀を腰に差すと、戸口近くにいる三人に近寄った。

「な、なんだ、てめえは！」

面長で、浅黒い肌をした男が、目をつり上げて声を上げた。

その声で、他のふたりも菅井のそばに近寄ってきた。赤ら顔をした男とげじげじ眉《まゆ》の男である。

「おれは、客だ」

ぼそりと菅井が言った。

「何か用か」

面長の男が菅井を睨《にら》むように見すえて訊いた。

「おまえたちが、うるさくて、酒も飲めん」

「な、なんだと！」

面長の男が、声をつまらせた。浅黒い顔が、怒りで赭黒《あかぐろ》く染まった。

「おまえたちは、店の商売の邪魔をしたのだ。……有り金をみんな出してな。店の者に頭を下げてから帰れ」

菅井が抑揚のない声で言った。

「て、てめえ！　生かしちゃァおかねえぞ」

面長の男が、懐に右手をつっ込んだ。匕首《あいくち》でも呑んでいるようだ。

すると、他のふたりも、二、三歩下がって懐に手をつっ込んだ。血走った顔をして、菅井を見据えている。

「表へ出ろ！　これ以上、店の物を壊すと、おまえたちの持ち金では足りなくなるぞ」

菅井は、両手をだらりと垂らしたまま三人のそばに近寄った。居合で刀を抜く体勢をとったのである。

「やろう！　殺してやる」

叫びざま、面長の男が戸口から外へ飛び出した。

すぐに、他のふたりも外に出た。

三人は懐から匕首を取り出して身構えた。顎の辺りに匕首を構え、腰をすこし屈めている。獲物に飛びかかろうとしている野犬のようである。

菅井は、ゆっくりと戸口から出ると、左手で刀の鍔元《つばもと》を握って鯉口《こいぐち》を切り、右手を柄《つか》に添えた。そして、すこし腰を沈め、居合の抜刀体勢をとった。

菅井は、居合の大道芸で口を糊《のり》していたが、居合の腕は本物だった。田宮《たみや》流《りゅう》居合の達人だったのである。

菅井の正面に立った面長の男は、菅井が刀の柄を握ったままなのを見て、

「抜けねえのかい。怖《お》じ気《け》付いたんじゃァあるめえな」

そう言って、匕首を構えたまま一歩踏み込んだ。

刹那《せつな》、菅井の全身に、抜刀の気がはしった。

タアッ！

鋭い気合と同時に、シャッという刀身の鞘走《さやばし》る音がし、閃光《せんこう》が逆袈裟《ぎゃくげさ》にはしった。

骨肉を切断する鈍い音がした次の瞬間、面長の男の右の前腕が、だらりと垂れ下がった。匕首をつかんだままである。

一瞬、面長の男は目を剝《む》き、凍りついたようにつっ立ったが、次の瞬間、ギャッ！と悲鳴を上げて、後じさった。

菅井の抜き付けの一刀は、男の右腕の皮肉を残し、骨ごと切断したのである。

他のふたりは、度肝を抜かれたように目を剝いてその場につっ立ったが、菅井が刀を脇構えにとってふたりの方へ、体をむけると、

「よ、よせ！」

赤ら顔の男も後ずさり、菅井との間があくと反転して逃げだした。

つづいて、げじげじ眉の男が逃げだし、後に残った面長の男も、血の滴る右腕を左手で押さえてふたりの男の後を追った。

「たわいもない」

菅井はつぶやくと、手にした刀に血振《ちぶ》り（刀身を振って血を切る）をくれて納刀した。

菅井は、何もなかったような顔をして店にもどった。

おあきと岡造、それに数人の客が、店のなかから固唾《かたず》を飲んで菅井と三人の男の斬り合いを見つめていたが、菅井が店に入ってくると近寄ってきた。

「旦那、強いんだねえ」

おあきが、菅井に身を寄せて言った。

おあきの目に、驚きと畏《おそ》れの色があった。岡造も、驚いたような顔をして菅井を見ている。

「相手が、弱過ぎたのだ。それより、店を片付けたらどうだ」

そう言って、菅井は自分が腰を下ろしていた長床几にもどり、隅に置いてあった猪口を手にした。

岡造とおあきが、店に残っていた客といっしょに倒れていた長床几を起こしたり、転がっているちろりなどを片付け始めた。

店内の片付けが終わると、岡造とおあきは、あらためて菅井のそばに来て礼を口にした後、

「あの三人、店に来たのは、三度目なんです」

と、おあきが眉を寄せて言った。

「三度目だと」

菅井が聞き返した。

「そうなんです。一度目は何もしないで帰ったんですけど、二度目は今日のように店で暴れて……」

「金でも強請《ゆす》りに来たのか」

菅井が訊いた。

「ちがうんです」

岡造が困惑したような顔をして、

「み、店を畳んで、出ていけというんです」

と、声を震わせて言った。

「どういうことだ」

「てまえにも、分かりませんが、最初は年配の兄貴格の男がいっしょに来て、この店を十両で買いたいと言い出したんです」

「十両だと」

菅井が、驚いたような顔をした。

「そうなんです」

「十両では、脅し取るのと変わりないな」

菅井は、あまりに安過ぎると思った。

「てまえは、売る気はないと言って、つっ返してやったんです。そしたら、おまえの方から店を手放したくなるようにしてやると言って、帰りました」

岡造によると、その三日後、今日姿を見せた三人の男が、店に来て暴れていったという。

「その三人が、また来たわけだな」

「そ、そうなんです」

岡造がそう言うと、おあきが菅井に身を寄せ、

「菅井の旦那、助けて……」

と、声を震わせて言った。おあきの目に、哀願するような色があった。

「お、おれに、できることがあれば、何でも言ってくれ」

菅井の声がつまったのは、おあきの胸が菅井の肩に触れるほど近付いたので、胸が高鳴ったせいらしい。

「でも、旦那のいないときに、店に来たら」

おあきが、菅井に身を寄せたまま言った。

「両国広小路にいなければ、伝兵衛店《でんべえだな》にいる。何かあったら、知らせてくれ。いつでも、かまわん」

そう言って、菅井は、おあきと岡造に目をやった。

伝兵衛店は、相生町一丁目にあった。ここと、隣町といってもいい。男たちが

済むだろう。
店に姿を見せたら、すぐに伝兵衛店に駆け付ければ、それほどの被害を受けずに
「お願いします」
おあきが、菅井に縋《すが》るような目をむけた。

三

華町源九郎《はなまちげんくろう》は、体にかけていた搔巻《かいまき》から首を伸ばし、

……今日は、雨か。

と、つぶやいた。

ポタ、ポタと、軒下から落ちる雨垂れの音がしていた。伝兵衛店の源九郎の住む家である。昨夜、源九郎は貧乏徳利に残っていた酒を夜遅くまで飲み、そのまま寝込んでしまったのだ。

源九郎は夜具から身を起こすと、両手を突き上げて大きく伸びをした。何時《なんどき》ごろか、はっきりしないが、腹のすきぐあいからみて、五ツ（午前八時）を過ぎているのではあるまいか。

「めしは、どうするな」

源九郎は、だらしなくひろがった小袖の両襟を合わせながらつぶやいた。昨夜、源九郎は小袖のまま寝てしまったのだ。

昨夕も、めしは炊かなかったので、釜のなかはからである。かといって、これから炊くのは面倒である。

……そろそろ、菅井が顔を出すころだな。

源九郎は、菅井が来るのを待とうと思った。

菅井は無類の将棋好きだった。ただ、腕はそれほどでもなかった。下手の横好きといってもいい。

菅井は、雨が降って居合の見世物に出かけられない日は、決まって将棋を指しに源九郎の家に姿を見せるのだ。それも、朝めしのために握りめしを持参することが多い。ふたりで、握りめしを食いながら将棋を指すのである。

源九郎は夜具だけ、片付け始めた。片付けるといっても、座敷の隅に置いてある枕屏風《まくらびょうぶ》の陰に運ぶだけである。

源九郎は、還暦ちかい老齢だった。鬢《びん》や髷は白髪だらけで、顔には皺が寄っていた。小袖の襟元は垢《あか》で汚れ、肩口には継ぎ当てがあった。華町という名に反して、ひどくうらぶれた格好である。

源九郎は丸顔で、すこし垂れ目だった。いつも、笑みを浮かべているように見える。好々爺《こうこうや》を思わせる憎めない顔の主である。

ただ、体付きはがっちりしていた。背丈は五尺七寸ほど。胸は厚く、腰はどっしりとしていた。

源九郎は老齢でうらぶれた格好をしていたが、剣の遣い手であった。少年のころ、鏡新明智流《きょうしんめいちりゅう》の桃井春蔵《もものいしゅんぞう》の道場に通い、修行したのである。二十歳のころには、桃井道場でも、俊英と謳《うた》われるほどの遣い手となったが、師匠の勧める旗本の娘との縁談を断って道場に居辛くなってやめてしまった。

その後、源九郎は華町家を継いだこともあり、道場には通わず、年配になるまで自己流で稽古をつづけてきた。

「顔でも洗うか」

源九郎は土間の隅の流し場に行き、小桶《こおけ》に水瓶《みずがめ》の水を汲んで顔を洗った。すこし小降りになったのか、雨垂れの音がすくなくなっている。

武士である源九郎が、長屋で寡男《やもお》暮しをつづけているのには理由《わけ》があった。

華町家は五十石取りで、深川六間堀町《ろっけんぼりちょう》に屋敷があったが、倅の俊之介《しゅんのすけ》が君枝《きみえ》という嫁を貰ったのを機に、隠居して伝兵衛店で独り暮しをするようになった。

源九郎は妻の千代《ちよ》を亡くしていたし、娘夫婦に気兼ねしながらひとつ屋根の下でいっしょに暮すより、独りで気儘《きまま》に暮したかったのである。

独りになった源九郎は、長屋で傘張りを生業《なりわい》としたが、それだけでは足りず、華町家からの合力で何とか暮していたのだ。

そのとき、腰高障子の向こうで、ピシャピシャと下駄で泥濘《ぬかるみ》を歩く足音がした。

……来たな！

菅井が将棋を指しに来たらしい。

足音は腰高障子のむこうでとまり、

「華町、いるか」

と、菅井の声がした。

「いるぞ」

源九郎が返事をすると、すぐに腰高障子があいて菅井が姿を見せた。

菅井は飯櫃《めしびつ》と将棋盤を抱えていた。やはり、将棋を指しにきたのである。飯櫃には握りめしが入っているはずだった。

菅井は、几帳面《きちょうめん》なところがあった。朝は雨の日でも早く起きて、めしを炊くのである。

「菅井、何の用だ」

源九郎は、菅井が将棋を指しにきたことは分かっていたが、そう訊いたのだ。

「雨の日は、将棋と決まっているだろう」

菅井は土間で下駄を脱ぎ、勝手に座敷に上がってきた。

「将棋もいいが、おれはめしを食ってないのだ」

「そんなことだろうと思って、握りめしを用意した。いつものように、握りめしを食いながら指すのだ」

菅井は座敷のなかほどに腰を下ろし、

「嫌か」

と、源九郎に顔をむけて訊いた。

「い、いや、雨の日はやることがないからな」

そう言って、源九郎は将棋盤を挟んで菅井と対座した。

「さァ、やるぞ」

菅井は懐から将棋の入った小箱を取り出し、将棋盤の上に置いた。

「それでは、いただくかな」

源九郎は飯櫃の蓋《ふた》をとった。

飯櫃のなかに握りめしが四つ、それに小皿には薄く切ったたくわんがあった。

菅井は、源九郎といっしょに食うつもりで用意したのである。

源九郎と菅井は、握りめしを頬張りながら将棋を指し始めた。

一局目は、菅井が勝った。源九郎は、握りめしを食べることに気持ちがいっていて、本気で指していなかったのだ。

「さァ、もう一局だ」

菅井が満面に笑みを浮かべて言った。貧乏神のような陰気な顔が、瘦せて頰のこけた恵比須《えびす》のようになっている。

二局目は長期戦になったが、源九郎が勝った。

「よし、次はおれが勝つ」

菅井は、駒を並べ始めた。

「まだ、やるのか」

すでに、昼九ツ（正午）を過ぎているのではあるまいか。雨も上がり、腰高障子が明るくなっている。

「これからだ」

菅井は腰を上げる気配がなかった。

「しかたない。もう一局だけだぞ」

源九郎も駒を並べ始めた。

それから、半刻(一時間)ほど過ぎたろうか。戸口に近付く慌ただしそうな下駄の音がした。

四

下駄の音は、腰高障子のむこうでとまり、

「菅井の旦那、いますか」

と、女の声がした。切羽詰まったようなひびきがある。聞き慣れた長屋の住人の声ではなかった。

源九郎は将棋盤を睨んでいる菅井に代わって、

「いるぞ」

と、声をかけた。

すぐに、腰高障子があき、年増が顔を出した。源九郎の知らない女である。

「す、菅井の旦那!」

女が声をつまらせて言った。急いで来たらしく、息が荒かった。

「おあきか！」

菅井が女に目をやって声を上げた。

源九郎は知らなかったが、居酒屋、浜富のおあきである。

「た、助けてください」

おあきが、悲痛な声で言った。

「また、男たちが暴れているのか」

菅井は、すぐに腰を上げた。

「そうです」

「何人だ」

「四人です。お侍がひとりいます」

「なに、四人だと！」

菅井は、傍らに座している源九郎に目をやり、

「華町、手を貸してくれ」

と、声高に言った。

「す、菅井、どうしたのだ」

「おあきの店に、ならず者が押し入ったようだ。助けにいく」

菅井は土間に下りると、座敷にいる源九郎に顔をむけ、

「華町、刀を持って、おあきといっしょに店にむかってくれ。おれは、家に刀を取りに行く」

そう言い置き、菅井は戸口から飛び出した。

源九郎が戸惑っていると、おあきが、

「華町の旦那、助けて……」

と言って、縋るような目をむけた。

「分かった」

源九郎は、まだ事情が飲み込めなかったが、ともかくおあきを助けてやろうと思った。

源九郎はおあきにつづいて路地木戸を出ると、竪川沿いの通りにむかった。通りに出て間もなく、背後で足音が聞こえた。

振り返ると、菅井が長髪を乱して、走ってくる。手に大刀を引っ提げていた。

源九郎は、すこし足を弱めた。菅井が追いつくのを待ったわけではなく、足がもつれて速く走れなくなったのだ。

源九郎は老齢のせいもあって、走るのが苦手だった。すこし走るとすぐに息が上がり、足がもつれるのだ。

菅井が肩を並べると、源九郎は、

「さ、先に行け……。息が、苦しい」

と、喘《あえ》ぎながら言った。

「華町、先に行くぞ!」

菅井は、さらに足を速めた。長髪をなびかせて走っていく。

おあきも菅井にはついていけず、喘ぎながら後を追った。


菅井は懸命に走った。

前方に、浜富が見えてきた。

遊び人ふうの男が、ふたり店先にいた。店の長床几が、ふたつ転がっている。まだ、遠方だったが、男の怒鳴り声や瀬戸物の割れるような音が聞こえた。店からすこし離れた場所に、数人の男たちが立って、店に目をやっていた。浜富の客たちではあるまいか。

さすがに、菅井も息が上がり、走るのが苦しくなってきた。それでも、走るのはやめなかった。

菅井は店先に近付くと、

「ま、待て……！」

と喘ぎながら、声を上げた。

店先にいたふたりの男が、振り返った。ひとりは見覚えがあった。げじげじ眉の男だった。三日前、浜富に来て店で暴れた三人のうちのひとりである。

「てめえは！」

げじげじ眉の男が、ひき攣《つ》ったような顔をして叫んだ。

すると、そばにいた長身の男が、

「源次《げんじ》、どうした」

と、訊いた。三十がらみの目付きの鋭い男だった。げじげじ眉の男は、源次という名である。

「兄い、こいつだ。居合を遣って、長次郎《ちようじろう》の腕を斬ったやつだ」

と源次が、目をつり上げて言った。

菅井が三日前に腕を斬った男は、長次郎という名らしい。

「それじゃァ、長次郎の敵を討ってやらねえとな」

長身の男は、懐から匕首を取り出した。

そして、匕首を顎の下に構え、背をすこし丸めた。菅井にむけられた目が、射るような鋭いひかりを放っている。猛禽《もうきん》を思わせるような目である。

……すこしは、遣えるようだ。

菅井は胸の内でつぶやき、腰に帯びた刀の柄に右手を添えた。そして、左手で刀の鍔元を握り、腰を沈めた。居合腰である。

菅井は居合の抜刀体勢をとったまま、長身の男との間合を読んだ。居合は抜き付けの一刀で、勝負を決することが多い。そのため、敵との間合を読むことは、なにより大事である。

「てめえの首を、掻《か》き切ってやるぜ」

言いざま、長身の男はジリジリと間合を狭めてきた。

そのとき、長身の男の背後で、

「待て、又次郎《またじろう》」

と、声が聞こえた。

浜富の戸口に、牢人体の武士がひとり立っていた。がっちりした大柄な体軀《たいく》である。浜富に押し込んできた四人のなかのひとりらしい。

五

「そいつは、おまえには歯がたつまい」

牢人は、ゆっくりとした歩調で又次郎に身を寄せてきた。

又次郎は脇に身を引いて、その場をあけ、

「久保《くぼ》の旦那、こいつですぜ。長次郎を斬ったのは」

そう言って、さらに身を引いた。この場は、久保と呼ばれた男にまかせる気になったようだ。

「おれが相手だ」

久保は菅井と相対し、ゆっくりと刀を抜いた。

「やるか」

菅井はあらためて居合の抜刀体勢をとった。

ふたりの間合は、およそ三間――。まだ、一足一刀の斬撃の間境の外である。居合の抜き付けの一刀をはなつ間合からも遠かった。

久保は切っ先を下げて下段に構えた。通常よりすこし高い下段で、切っ先を菅井の膝頭ほどの高さにつけている。

……遣い手だ！

と、菅井は察知した。

久保の下段の構えには隙がなく、腰も据わっていた。それに、久保の身辺には、真剣勝負の修羅場を何度もくぐってきた者特有の凄《すご》みと残忍さが漂っていた。

だが、菅井はすこしも臆さなかった。気を静めて、久保の斬撃の起こりと間合を読んでいる。

久保の顔にも、驚きの色が浮いた。菅井が並外れた居合の遣い手と察知したからであろう。

「いくぞ」

菅井が先《せん》をとった。

居合の抜刀体勢をとったまま趾《あしゆび》を這《は》うように動かし、ジリジリと間合をつめ始めた。対する久保は、動かなかった。気を静めて、菅井との間合を読んでいる。

……後、一歩！

菅井が居合を抜き付ける間合まで、

と、読んだときだった。

イヤアッ！

突如、久保が裂帛《れっぱく》の気合を発した。

次の瞬間、久保は一歩踏み込みざま斬り込んだ。

下段から振り上げざま袈裟へ——。

間髪をいれず、菅井も抜き付けた。シャッ、と刀身の鞘走る音がし、閃光が逆袈裟にはしった。

迅《はや》い！

まさに、稲妻のような一撃だった。

袈裟と逆袈裟。二筋の閃光がはしった次の瞬間、ふたりは大きく後ろに跳んで間合をとった。

久保の切っ先は、菅井の肩先をかすめて空を切り、菅井の切っ先は、久保の右袖を切り裂いた。

久保は、ふたたび下段に構えた。右の二の腕に、かすかに血の色があった。だが、浅手である。菅井の居合の抜き付けの一刀は、すこし間合が遠かったため、久保に深手を与えられなかったのだ。

菅井は抜刀したため、脇構えにとった。脇構えから、居合の呼吸で斬り込むのである。

「居合が抜いたな」

久保の口許に、薄笑いが浮いた。居合は抜刀すれば、力が半減することを知っているようだ。

「さァ、こい！」

菅井は、脇構えにとったまま腰を沈めた。

そのとき、菅井は背後から走り寄るふたりの足音を聞いた。源九郎とおあきである。

「ま、待て、おれが相手だ」

源九郎が声を上げた。

声がつまり、ゼイゼイと苦しげな息の音が聞こえた。源九郎は走ってきたため、息が上がったらしい。

久保は後ろへ下がって、菅井との間合を取ると、

「老いぼれ、おれとやる気なのか」

と、驚いたような顔をして訊いた。

「わ、わしが、相手だ」

そう言って、源九郎は久保と相対したが、大きく間合をとったまま肩で息をしていた。胸の動悸《どうき》が収まるまで、闘うのは無理である。

久保は源九郎の様子を見ると、下段に構え、

「いくぞ」

と、声をかけ、源九郎との間合をつめ始めた。

「さァ、こい」

源九郎は青眼に構え、切っ先を久保にむけた。胸の動悸はまだ収まらなかったが、剣尖《けんせん》は久保の目線につけられている。

ふいに、久保の寄り身がとまった。驚いたような顔をし、あらためて敵の膝頭につける高い下段に構えをなおし、全身に気勢をこめた。源九郎が遣い手であることを察知したようだ。

「おれは心形刀流《しんぎようとうりゆう》を遣う。おぬしは」

久保が訊いた。

心形刀流の開祖は、伊庭是水軒秀明《いばぜすいけんひであき》である。秀明は江戸の下谷御徒町《したやおかちまち》に心形刀流の道場をひらいて多くの門人を集めた。その後、伊庭軍兵衛秀安《いばぐんべえひでやす》が二代目を継

ぎ、代々道場を継ぐ者は、伊庭軍兵衛を名乗ることになる。したがって、久保が修行した御徒町にある心形刀流の道場主も、伊庭軍兵衛である。

「おれは、鏡新明智流だ」

そうしたやり取りをしている間に、源九郎の胸の動悸はしだいに収まってきた。

源九郎の腰が据わり、久保にむけられた剣尖には、そのまま眼前に迫っていくような威圧感があった。

久保は下段に構えたまま全身に気勢を漲《みなぎ》らせ、気魄《きはく》で攻めて源九郎の構えをくずそうとした。

そのときだった。浜富の戸口で、ギャッ、という絶叫がひびいた。

菅井が、店から出てきた遊び人ふうの男を斬ったのだ。斬られた男は、源次である。

これを見た又次郎が、

「源次が殺《や》られた！　久保の旦那、引き上げやしょう」

と、叫んだ。

久保は素早い動きで後じさり、

「勝負は預けた！」

と、源九郎に声をかけ、間合があくと反転して駆けだした。

又次郎は、店のなかにいた赤ら顔の男にも声をかけ、ふたりして久保の後を追って走りだした。三人は、両国橋の方へむかっていく。

源九郎と菅井は、逃げる三人を追わなかった。追っても、逃げる三人に追いつけないと分かっていたからである。

おあきが菅井のそばに走り寄り、

「菅井の旦那、怪我はないかい」

と、心配そうな顔をして訊いた。

「なんともない」

菅井が目を細めた。

源九郎は、菅井とおあきに目をやりながら、

……おれを、忘れているではないか。

と、渋い顔をしてつぶやいた。

六

浜富のなかは、ひどく荒らされていた。長床几がひっくり返り、ちろり、丼、猪口などが土間に散乱していた。

店の奥から姿を見せた岡造の額が、赭黒く腫《は》れていた。店内に踏み込んできた男の投げたちろりが、額に当たったという。

「旦那方が来てくれたお蔭で、この程度で済みました」

岡造が、菅井と源九郎に頭を下げた。

「それにしても、あいつら、執拗《しつよう》だな」

菅井が言った。

菅井と源九郎は倒れていた長床几を起こし、腰を下ろして岡造と話していた。おあきは不安そうな顔をして岡造のそばに立っている。

「どうしたらいいんですかね。また、来るような気がして……」

岡造が眉を寄せて言った。

「あいつら、この店をどうしようというのだ」

源九郎が訊いた。

「この店を手放せというばかりで……」

岡造が困惑した顔をした。おあきも、どうしていいのか分からないらしく、菅井と源九郎に縋るような目をむけている。

「あいつら、ここで居酒屋をやりたいわけではあるまい」

源九郎が言った。

「居酒屋をやるなら、もっといい場所がいくらもありますよ」

岡造によると、両国橋のたもと近くなら、大勢のひとが行き交っているし、仕事帰りの男たちも多いので、居酒屋、そば屋、料理屋などは繁盛するはずだという。

「両国広小路にも、ここよりいい場所はいくらもあるな」

菅井は、両国広小路で居合抜きの見世物をやっているので、様子を知っているのだ。

「隣にあった料理屋は、客の入りがよくないので、しめてしまったくらいですからね」

岡造によると、隣の古い料理屋は、店をとじて半年ほど経つという。

「なぜ、この店にこだわるのか分からんな」

源九郎が言った。

すると、これまで男たちのやりとりを聞いていたおあきが、

「あの男たちは、また来るような気がします」

と、不安そうな顔をした。

「うむ……」

菅井が顔をしかめてうなずいた。

「かといって、ここに居続けるわけにはいかないし……」

源九郎は首をひねった。

「ともかく、しばらく、様子をみるか」

菅井は岡造に目をやり、

「店を片付けよう」

と、声をかけた。

源九郎、菅井、岡造、おあきの四人で、散乱した店を片付け始めた。倒れている長床几を起こしたり、散乱したちろり、猪口、丼などを拾い集めたりした。

小半刻（三十分）ほどすると、店内の片付けは済んだ。

「岡造、商売を始めよう。おれと華町は、しばらく客としてとどまって様子をみ

る。酒と肴を頼む」

菅井が岡造に言った。

「は、はい」

岡造はすぐに竈のそばに行き、鍋のなかを確かめてから火を点《つ》けた。

おあきが酒の入ったちろりと猪口を運んできて、そのまま長床几の隅に腰を下ろし、

「菅井の旦那、どうぞ」

と言って、ちろりをむけた。

おあきは、源九郎にも酒を注いだ後、

「しばらく、帰らないで」

そう言い置いて、岡造のそばにもどった。

源九郎と菅井とで注ぎ合って飲んでいるうちに、あらたにひとり、ふたりと客が入ってきた。岡造とおあきは客たちの対応に追われ、源九郎たちのそばにはあまり来なくなった。

「菅井、そろそろ引き上げるか」

源九郎が小声で言った。

「まだ早い。それに、やつらが踏み込んでくるかもしれんぞ」

「今日は、来ないだろう」

すでに、陽は沈みかけているらしく、夕陽の色が、店先を染めていた。店の隅や長床几の下などは薄暗くなっている。

「いや、分からんぞ。様子を見にきて、店におれたちがいなければ、踏み込んでくるかもしれん」

菅井はちろりを手にすると、「まァ、飲め」と言って、源九郎の猪口に酒を注いだ。

「もうすこし、様子をみるか」

源九郎も、ここで夕めしを食っていこうと思った。どうせ、長屋に帰ってもやることはないのである。

おあきが、大きめの丼を手にして源九郎たちのそばに来て、

「美味《おい》しく煮込みましたよ」

と言って、笑みを浮かべた。居酒屋の女らしい顔付きにもどっている。

丼には、煮込んだ大根、蒟蒻、油揚げなどが入っていた。湯気がたち、旨《うま》そうな匂いがした。

おあきは、菅井と源九郎が腰を下ろしている長床几の脇に丼を置いてから、ちろりを手にし、菅井と源九郎に酒を注いだ後、

「まだ、帰らないで」

と、小声で言った。

「帰らぬ。店をしめるまではな」

すぐに、菅井が応えた。

……店をしめるまで、いるつもりか。

源九郎は胸の内でつぶやいたが、黙っていた。

源九郎と菅井が飲んでいる間も、客は入ったり出たりしていた。いつもの浜富を取り戻したようだ。

夜が更け、店に客の姿がなくなると、岡造とおあきが源九郎たちのそばに来て、

「おふたりのお蔭で、いつものように商売ができました」

岡造が言い、おあきといっしょに頭を下げた。

「おれたちも、帰ろうか」

そう言って、菅井が財布を手にして金を払おうとすると、

「とんでもない。てまえの方が、お礼を差し上げねばならないのに」

岡造は、「いただけません」と言い添えた。

「そうか。何かあったら、話してくれよ」

菅井は満足そうな顔をして腰を上げた。

源九郎と菅井は、ふらつく足で店を出た。

いつの間にか空は晴れ、夜空に十六夜《いざよい》の月がかがやいていた。初秋の爽やかな風が、源九郎たちの火照《ほて》った肌を気持ちよく撫《な》でていく。

「華町、旨い酒だったな」

菅井が歩きながら言った。

「ああ、すこし飲み過ぎたがな」

すこしではなかった。めずらしく、源九郎はかなり酔っていた。長時間、飲み続けたせいらしい。

「また、明日だな」

菅井の足も、ふらついていた。

「おい、明日も来る気か」

「様子を見に寄ってみるだけだ」

菅井が目を細めて言った。

七

その日、朝から雨だった。源九郎と菅井のふたりで、浜富に押し込んできた無頼者たちを撃退した三日後である。

源九郎は、夜具から身を起こすと、

「雨か、今朝は菅井が顔を出すな」

とつぶやき、流し場にむかった。菅井が来る前に、顔を洗っておこうと思ったのである。

源九郎はそのまま座敷にもどり、菅井が姿をあらわすのを待った。ところが、菅井はいっこうに姿を見せなかった。

……何時《なんどき》ごろかな。

雨天のせいもあって、何時ごろか分からない。

源九郎は、まだ早いのかもしれない、と思い、戸口に出て聞き耳をたてた。亭主たちが長屋にいれば、それらしい声が聞こえる。まだ、亭主たちが働きに出ないで長屋に残っていれば、早朝と思っていいのだ。

長屋は、ひっそりとしていた。聞こえてくるのは、女と子供の声だけである。どうやら、長屋の亭主たちは働きに出ているらしい。

五ツは、過ぎているようだ。

源九郎は、菅井の身に何かあったのではないかと思った。

菅井の家を覗《のぞ》いてみよう、と源九郎が思ったとき、斜向《はす》かいの家の腰高障子があいて、お熊《くま》が顔を出した。

お熊は、助造《すけぞう》という日傭取《ひようと》りの女房だった。四十過ぎだが、子供はなかった。でっぷり太り、樽《たる》を思わせるような体をしている。がさつで、お節介焼きだが、気立てのやさしいところもあった。独り暮しの源九郎を気遣って、握りめしや煮染などを余分に作って持ってきてくれたりする。

「お熊、菅井を見掛けなかったか」

源九郎が訊いた。

すぐに、お熊は源九郎に近付いてきて、

「見掛けましたよ」

と、声をひそめて言った。

「どこで見た」

「家の前ですよ。今朝早く、ニヤニヤしながら、あたしの家の前を通ったんですよ。何かいいことがあったんじゃァないかね」

お熊の目に、好奇の色があった。

「菅井は長屋にいるのだな」

「いるはずですよ」

「それなら、ここに来るだろう」

源九郎は、菅井も雨の日は将棋ぐらいしかやることがないのを知っていた。

源九郎が踵《きびす》を返して家にもどろうとすると、

「旦那、待っておくれ」

お熊がとめた。

「おれに、用があるのか」

「旦那の耳に入れておきたいことがあるんですよ」

そう言って、お熊は太った体を揺すりながら源九郎に近付いてきた。

「長屋のお島《しま》さんから、聞いたんだけどね。路地木戸の前で、遊び人ふうの男に、旦那と菅井の旦那のことを色々訊かれたようですよ」

お島は、伸助《しんすけ》という手間賃稼ぎの女房である。

「なに、おれと菅井のことを訊かれたと」

源九郎の脳裏に、浜富を襲った男たちのことがよぎった。

「旦那たちの仕事とね。……家族のことや、長屋にいるのはいつごろだとか、いろいろ訊かれたようですよ」

「うむ……」

どうやら、浜富を襲った男たちは、源九郎と菅井が、伝兵衛店に住んでいることを知ったらしい。それで、探りにきたのだろう。

「ねえ、その男、悪いやつじゃァないのかい」

お熊が眉を寄せて訊いた。

「その男が、何者なのか分からんからな。何とも言えん」

源九郎は、浜富のことを口にしなかった。長屋の者には、かかわりがないと思ったからだ。

「菅井に、訊いてみるか」

源九郎はそう言い残し、傘をさして菅井の家に足をむけた。

伝兵衛店は四棟並んでいたが、菅井の家は隣の棟にあった。

菅井の家の腰高障子の前まで来ると、座敷でごそごそと音がした。菅井がいるらしい。

「菅井、入るぞ」

源九郎は声をかけ、腰高障子をあけた。

菅井は座敷で夜具を敷いていた。これから、寝るつもりで支度をしているようだ。

「おお、華町、何か用か」

菅井が照れたような顔をして訊いた。

「菅井、これから寝るつもりなのか」

「まァ、そうだ」

「今日は、雨だぞ」

菅井は手にした掻巻を布団の上にひろげながら言った。

「分かっている」

「将棋はどうした、将棋は」

「いや、将棋は一眠りした後だ。昨夜、あまり寝てないのでな。それに、すこし飲み過ぎた」

「おまえ、浜富に行っていたのか」

「そうだ、おあきに頼まれてな。遅くまで、飲んでしまったのだ。……おあきに、泊まっていけ、と言われて仕方なくな」

菅井が苦笑いを浮かべて言った。

「それで、朝帰りか」

「朝帰りといっても、いかがわしいことは、何もないぞ。岡造がいるから、手は出せん」

菅井がむきになって言った。

「おれは、何も言ってないぞ。勝手に勘繰っているのは、菅井ではないか」

「そ、そうか。……華町、一眠りしたら、おぬしの家へ行くから、待っていてくれ」

菅井は声をつまらせてそう言うと、袴《はかま》だけ脱いで、布団の上に横になった。

「勝手にしろ」

源九郎はそう言い置いて、戸口から出ていった。

八

……来たな。

源九郎は、下駄の音を耳にした。聞き慣れた菅井の足音である。

下駄の音は、腰高障子の向こうでとまった。

菅井の声がした。

「華町いるか」

「いるぞ。入ってくれ」

源九郎が声をかけると、腰高障子があいて菅井が姿を見せた。持っているのは、将棋盤だけである。

雨はやんだらしく、傘も手にしていなかった。

「華町、握りめしは、ないぞ」

菅井が照れたような顔をして言った。

「朝めしは、食った」

源九郎は、菅井と会った後、握りめしは期待できないと思い、自分の家に帰ってからめしを炊いたのだ。

すでに、昼ちかかった。食うなら昼めしだが、源九郎は朝めしを食べたばかりである。

「まァ、上がれ」

源九郎は、菅井を座敷に上げた。

菅井は座敷のなかほどに将棋盤を置き、駒の入った小箱を出したが、

「将棋を始める前に、話しておきたいことがある」

と言って、源九郎に目をむけた。菅井は真面目な顔をしている。

「なに、将棋を始める前に話があるだと」

これは、ただごとではない、と源九郎は思った。

「実は、昨日も浜富で揉《も》め事があったのだ」

菅井が言った。

「どんな、揉め事だ」

「又次郎が、遊び人らしい男をふたり連れてきてな、いきなり店に入ってきたのだ。……又次郎たちは、店にいた客たちを殴りつけて店から飛び出した」

店にいた菅井は三人に立ち向かおうとした。ところが、三人は店の客を殴りつけて外へ飛び出し、そのまま逃げてしまったという。

「逃げる際に、又次郎が客たちにも聞こえる声でな、毎日来るぞ、と叫んで、外へ出たのだ」

菅井が眉を寄せて言った。

「店を壊すだけでなく、客を店に来させないようにしたわけか」

「汚いやつらだ」

菅井が顔をしかめた。

「それで、昨夜は浜富に泊まったのか」

「まァ、そうだ」

「厄介《やっかい》なことになったな」

菅井と源九郎が手を貸しても、浜富は守りきれないのではないか、と源九郎は思った。

「それでな、岡造から、これを預かってきた」

そう言って、菅井は懐から巾着《きんちゃく》を取り出し、

「これに、十両入っている」

と、低い声で言った。菅井の顔がひき締まり、双眸《そうぼう》に鋭いひかりが宿っている。

「はぐれ長屋のおれたちに、依頼か」

源九郎の顔からも、いつもの茫洋《ぼうよう》とした表情は消え、凄みのある顔になった。

伝兵衛店は、はぐれ長屋とも呼ばれていた。住人の多くが、源九郎や菅井のよ

うに、食いつめ牢人、大道芸人、その日暮しの日傭取り、その道から挫折した職人など、はぐれ者だったからである。

「そうだ。岡造はおれたちのことを知っていて、店の有り金を掻き集めたらしい。……岡造は、いま手元に十両しかないが、浜富をつづけられれば、あと十両、何とか都合したいと言っていた」

「菅井、金を預かってきたということは、仕事を受けるつもりだな」

「そのつもりだ」

「いいだろう、おれも受けるつもりだが、みんなに話してからだな。ふたりだけでは、どうにもならないからな」

源九郎は菅井とふたりだけでは、浜富に押し込んできた一味に、太刀打ちできないだろうとみた。押し込んできた者たちの背後に、大物が潜んでいるような気がしたからだ。

源九郎と菅井には、他に五人の仲間がいた。界隈《かいわい》に住む者たちから、はぐれ長屋の用心棒と呼ばれる者たちである。

いずれも、長屋に住むはぐれ者たちだった。五人の名は、茂次《しげじ》、孫六《まごろく》、三太《さんた》郎《ろう》、平太《へいた》、それに新しく仲間にくわわった安田《やすだ》十兵衛《じゅうべえ》という牢人がいた。安田は、一刀流《いっとうりゅう》の遣い手である。

茂次たち四人は町人だが、それぞれ特技があり、武士である源九郎たちとも気が合った。

「明日にも、亀楽《きらく》に集めるか」

源九郎たちは、仲間たちを集めるとき、本所松坂町《まつざかちょう》にある亀楽という飲み屋をつかうことが多かった。亀楽ははぐれ長屋から近かったし、酒代が安く、肴も旨かった。それに、あるじの元造《もとぞう》は寡黙な男で、源九郎たちがどんなに騒ごうと文句ひとつ言わなかった。それで、源九郎たちは、亀楽を馴染《なじ》みにしていたのである。

「おれが、長屋をまわって話してもいいぞ」

菅井が言った。

「頼む」

「話がまとまったところで、一局やるか」

そう言って、菅井は将棋の入っている木箱を手にした。

「おい、将棋をやるのか」

源九郎が、うんざりした顔をした。菅井と話しているうちに、将棋を指す気は失《う》せてしまったのだ。

「将棋を指すつもりで持ってきたのだぞ」

菅井は、将棋盤に駒を並べ始めた。

「仕方ない。一局だけ付き合うか」

源九郎も、将棋盤の上の駒に手を伸ばした。

第二章　七人の仲間

一

本所松坂町にある亀楽に、七人の男が集まった。亀楽は、縄暖簾《なわのれん》を出した飲み屋である。土間に置かれた飯台をかこんで、はぐれ長屋に住む源九郎、菅井、安田、孫六、茂次、三太郎、平太の七人が顔をそろえた。

亀楽に、他の客はいなかった。まだ、八ツ（午後二時）ごろで、仕事帰りの客がいなかったせいだろう。

「みなさん、お酒ですか」

おしずが、男たちに声をかけた。

おしずは、はぐれ長屋の住人だった。平太の母親でもある。おしずは通いで、亀楽を手伝っていたのだ。

あるじの元造は板場にいるらしく、出てこなかった。酒肴《しゅこう》を出すとき、姿を見せるはずである。

「酒とな、肴《さかな》を頼む」

源九郎が言った。

「まだ、肴は鰯《いわし》の煮付けと冷《ひ》や奴《やっこ》ぐらいしかないんです」

「それでいい」

「他の客は、どうします」

おしずが、小声で訊《き》いた。源九郎たち七人が顔を揃えたときは、大事な話があるので、他の客は断ることが多かったのだ。

「断って貰えるとありがたい。他人に聞かせたくない話なのでな」

源九郎が頼んだ。

「元造さんに、話しておきますよ」

そう言い残し、おしずは板場にもどった。

いっときすると、元造とおしずが酒肴を運んできて、源九郎たちのいる飯台の上に置いた。

「何かあったら、声をかけてくだせえ」

元造はそう言っただけで、すぐに板場に引っ込んでしまった。いつもそうである。元造は寡黙なのだ。

「話は、一杯やってからだ」

源九郎は銚子をとると、脇に腰を下ろしている孫六にむけた。

「ありがてえ。今夜は、みんなとゆっくり飲めそうだ」

孫六が、目尻を下げて言った。

孫六は還暦を過ぎ、七人の仲間のなかでは一番の年寄りだった。隠居する前は、番場町《ばんばちょう》の親分と呼ばれた腕利きの岡っ引きだったが、十年ほど前に中風をわずらい、すこし足が不自由になって岡っ引きをやめたのだ。いまははぐれ長屋に住み、娘夫婦の世話になっている。

孫六は酒に目がなかったが、長屋にいるときは娘夫婦に気兼ねしてあまり飲まないようにしていた。そのせいもあって、外で長屋の仲間たちと飲むのを何よりの楽しみにしているのだ。

源九郎は、男たちが酒を酌み交わすのを見てから、

「今日は、菅井から話してもらう」

と、言って、菅井に目をやった。

いつもは、源九郎が中心になって話を進めるのだが、菅井が持ってきた依頼なので、菅井に任せようと思ったのだ。

「い、いや、華町からも、話してもらうが……」

菅井は声をつまらせて言った後、

「元町にある居酒屋の浜富を知っているか」

と、声をあらためて切り出した。

「知ってやす、店に入《へえ》ったことはねえが」

すぐに、茂次が言った。

茂次は、研師《とぎし》だった。若いころ、刀槍《とうそう》を研ぐ名の知れた研屋に弟子入りしたのだが、師匠と喧嘩して飛び出し、いまは裏路地や長屋などをまわり、包丁、鋏《はさみ》、剃刀《かみそり》などを研いで暮しをたてていた。茂次も、本来の道を踏み外したはぐれ者のひとりである。お梅《うめ》という娘といっしょになり、夫婦ふたりではぐれ長屋に住んでいる。

「浜富がな、ならず者たちに何度も踏み込まれ、店を荒らされて困っている。それで、あるじの岡造に、ならず者たちを追い払ってくれと頼まれたわけだ」

「そんなことがあったんですかい」

茂次が言った。

「ならず者たちを追い払えばいいのか」

安田が訊いた。

安田は牢人で、はぐれ長屋に越してきてから一年も経っていなかった。安田は御家人の冷や飯食いだったが、家を飛び出し、長屋で独り暮しを始めたのだ。ふだんは、近所の口入れ屋で世話してもらった桟橋の荷揚げや普請場の力仕事などをして暮しをたてていた。

安田は一刀流の遣い手だが、大酒飲みだった。長屋の住人からは、陰で飲兵衛《のんべえ》十兵衛などと呼ばれている。

「いや、それだけではない」

源九郎が口を挟んだ。

「おれと菅井でな、何度か浜富に踏み込んできたならず者たちを追い払ったのだ。ところが、浜富から手を引こうとしない。……浜富のあるじの岡造も困り果てて、おれたちに始末を頼んだわけだ」

「それで、あっしらは、何をやればいいんで」

孫六が訊いた。顔が赤くなっている。菅井や源九郎たちが話している間にも、休まず猪口《ちょく》をかたむけていたせいらしい。

「浜富の店を守ることもあるが、ならず者たちが、なにゆえ浜富に押し込んで店を荒らし、商売を邪魔するのか、その理由をつきとめないと、始末はつかないな」

源九郎につづいて、菅井が、

「ならず者たちの陰に、大物が潜んでいるような気がするのだ」

そう言って、集まった男たちに目をやった。

「厄介《やっかい》な相手だな」

安田が厳しい顔をした。

三太郎と平太は、黙って源九郎たちのやり取りを聞いている。三太郎は寡黙で、平太はまだ若かった。それで、ふたりは聞き役にまわることが多かったのだ。

二

「それで、何か礼のようなものは……」

茂次が小声で訊いた。これまで、源九郎たちは、相応の礼や依頼金を貰い、仲間の七人で分けていたのだ。

「ここに、十両ある」

菅井が懐から巾着《きんちゃく》を取り出し、飯台の上に置いた。

「十両ですかい」

茂次が、肩を落として言った。その場にいた安田たちの顔にも、気落ちしたような表情があった。

無理もない。ひとり頭一両そこそこである。これまで、源九郎たちは様々な依頼を受けて人助けをしてきたが、命懸けの仕事の場合、十両という安い礼金で頼まれたことはなかった。しかも、此度《こたび》は相手が大勢いるようだし、どうすれば始末がつくのかも分からなかった。下手をすれば、源九郎たち七人が、皆殺しになるかもしれない。

「い、いや、これは、手付け金でな。岡造の話では、金の用意ができ次第、あと十両出すそうだ」

菅井が慌てて言った。

「都合二十両か……」

茂次の顔から、落胆の色は消えなかった。

次に口をひらく者がなく、その場が重苦しい雰囲気につつまれたとき、

「浜富に張り込むことが多くなるが、酒は飲み放題だぞ」

と、源九郎が言った。

すると、孫六が手にした猪口を飯台に置き、

「あっしは、やりやすぜ。銭じゃァねえや。浜富はあっしらを頼りにして、有り金を掻《か》き集めて頼んだんですぜ。銭が少ねえなんて言って断ったら、長屋の笑い物になりまさァ」

と、酒で赤くなった顔を前に突き出して言った。どうやら、孫六は酒に釣られたらしい。

「おれもやる」

安田が言った。

つづいて、三太郎と平太が承知すると、

「あっしも、やりやしょう」

茂次が声高に言った。

「よし、これで決まった。金は華町が分けてくれ」

菅井は巾着を源九郎に手渡した。

「では、分けるが、半端だな」

十両を七人で分けると、ひとり頭一両で、三両残る。一両は四分《ぶ》なので、残った十二分を七人に一分ずつ渡すと、五分残ることになる。

「どうだな、ひとり一両と一分で、残った五分は飲み代にしたら」

源九郎が言った。

「それでいい」

孫六が声を上げると、他の五人もうなずいた。

「では、分けるぞ」

源九郎は巾着に手をつっ込んで、小判と一分銀を取り出して飯台の上に置いた。小判はわずかで、ほとんど一分銀だった。一朱銀や銭は混じっていなかった。

源九郎は、菅井たち六人が分け前を財布や巾着にしまうのを見てから、

「これから、どうするかだが、ともかく浜富にいて店を守らねばならないな。ただ、ここにいる七人で店に居座ったら、客の居場所がなくなってしまう。……まァ、せいぜい、二、三人だな」

そう言って、男たちに目をやった。

「刀を遣えるおれと華町、それに安田の三人のうちひとりは、店にいた方がいいな」

菅井が言った。

「それなら、三人で交替して行くことにしよう」

源九郎が言うと、

「あっしらは、どうしやす」

茂次が訊いた。

「茂次たち四人も、都合のつく日を決めてひとりずつ浜富に行けるようにしてくれ。……それからな、相手を見て大勢だったら、ひとりは長屋へ走れ。助太刀を呼ぶのだ」

源九郎、菅井、安田の三人は、浜富の始末がつくまで仕事には行かないので、だれか長屋に残っているはずである。

「それで、いつからやりやす」

「今日からだな」

菅井が、今日は、おれが行ってもいい、と言い添えた。

「あっしも行きやしょう」

孫六が赤い顔をして言った。ここを出た後、浜富で酒を飲む気になっているようだ。

「おれも行きます」

これまで黙って話を聞いていた平太が言った。

「今夜は、菅井たちに頼もう」

それから、源九郎たちは明日と明後日、だれが行くか、決めた。その後のことは、様子を見てからということになった。

源九郎が口をつぐんだとき、

「どうだ、浜富に押し込んできたやつをひとり掴《つか》まえて、話を訊いたら」

と、安田が身を乗り出して言った。

「そうだな。これから浜富に行って、きゃつらが来たら、おれがひとり峰打ちでしとめよう」

菅井が意気込んで言った。

「菅井たちが出かけるなら、わしらも、ここで酒を飲んでいるわけにはいかないな」

源九郎が、残った猪口の酒を飲み干した。

菅井たち三人が立ち上がると、源九郎も腰を上げ、安田、茂次、三太郎の三人がつづいた。

源九郎は亀楽に飲み代を払った後、店先で待っていた安田、茂次、三太郎の三人といっしょに、はぐれ長屋にむかった。今日のところは、このまま長屋に帰るつもりだった。

源九郎は安田と肩を並べて歩きながら、

「安田、一味のなかに久保という名の遣い手がいるのだが、耳にしたことがあるか」

と、訊いた。源九郎は、一刀流の遣い手である安田なら、どこかで耳にしたことがあるのではないかと思ったのだ。

「久保な……」

安田がいっとき首をひねっていたが、

「久保という男は、何流を遣うのだ」

と、訊いた。

「心形刀流らしい」

「御徒町にある伊庭道場か」

「そうかもしれん」

「明日にも、御徒町に行って探ってみようか」

安田が源九郎に顔をむけて言った。いつになく、厳しい顔をしている。

「頼む」

源九郎は、安田なら久保の正体をつきとめるだろうと思った。

三

その日、源九郎ははぐれ長屋の座敷で茶を飲んでいた。亀楽に集まり、仲間たちと相談した三日後である。

七ツ（午後四時）ごろだった。源九郎は、このところ外で酒を飲む機会が多かったので、久し振りにめしを炊き、自分の家で夕めしを食おうと思っていた。

茶を飲み終え、湯飲みを持って立ち上がったときだった。戸口に走り寄るあわただしい足音がした。

「華町の旦那！」

と、呼ぶ声がし、腰高障子が勢いよくあいた。

顔を出したのは、平太だった。

「旦那、浜富に押し込んできやした！」

平太が肩で息しながら言った。

「何人だ」

源九郎は、すぐに部屋の隅に置いてあった大刀をつかんだ。

「五人もいやす」

「五人か」

人数が多い、と源九郎は思った。

「二本差しが、ふたりいやした」

「なに、ふたりだと！」

源九郎は土間に下りて外へ出ると、

「菅井に知らせたか」

と、訊いた。今日、浜富に行っているのは、安田と茂次だった。平太も行っていたが、連絡役である。

「菅井の旦那は、先に行きやした」

平太によると、ここに来る途中菅井の家に立ち寄ったという。

「おれたちも、行くぞ」

源九郎は路地木戸にむかって走りだした。

通りに出ると、源九郎と平太は竪川沿いの道に出た。すぐに、平太は源九郎を引き離し、距離があくと、足をとめて源九郎が追いつくのを待った。

平太は、すっとび平太と呼ばれるほどの駿足だった。一方、源九郎は歳のせいもあって走るのは苦手である。

「へ、平太、先に行け。……いいか、闘いにくわわるな。遠くから、石でも投げろ」

源九郎が喘《あえ》ぎながら言った。

「先に行きやす！」

平太は、走りだした。見る見る源九郎から離れていく。

源九郎が竪川沿いの通りに出たとき、前方にちいさく菅井と平太の姿が見えた。平太は、菅井にも追いついたらしい。

源九郎はひとりになったが、走るのをやめなかった。荒い息を吐きながら、よたよたと走っていく。

一ツ目橋のたもとを過ぎてさらに走ると、前方に浜富が見えてきた。菅井と平太の姿はなかった。浜富の店のなかに入ったのではあるまいか。

源九郎は喘ぎながら浜富の近くまで来た。店を襲ったはずの男たちの姿は見えなかった。闘いの音も聞こえない。

源九郎は、浜富に飛び込んだ。

六人、店のなかに立っていた。岡造とおあき、それに安田、茂次、平太の三人。それに長屋から駆け付けた菅井である。

安田の小袖の右袖が裂け、二の腕に血の色があった。ただ、浅手らしい。茂次の額にミミズ脹《ば》れがあった。棒のような物で殴られたようだ。

店を襲った男たちの姿はなかった。逃走したらしい。

店内はひどく荒らされていた。腰高障子はひっくり返り、ちろりや割れた丼《どんぶり》などが、散乱している。

「ひ、ひどいな」

源九郎が荒い息を吐きながら言った。

「一味は、五人だ」

安田によると、五人はいきなり踏み込んできて店にいた客を追い散らし、店内の物を壊し始めたという。

「五人のなかに、武士がふたりいたそうだな」

源九郎が訊いた。

「ふたりいた」

安田によると、ふたりとも牢人体でなかなかの遣い手だったという。

「ひとりは、久保だ」

菅井が脇から口を挟んだ。どうやら、菅井は押し込んだ五人を目にしたようだ。

「おれと平太が駆け付けると、やつらは逃げ出したのだ」

菅井が駆け付けたのを見て、押し込んだ五人は店から逃走したようだ。

「五人は、安田や菅井とやり合うつもりはなかったのだな」

押し込んだ五人の目的は、浜富を壊すことにあったのだろう、と源九郎はみた。

そのとき、店の隅で源九郎たちのやり取りを聞いていた岡造が、

「ひ、ひどいことになりました。こうなると、店を諦《あきら》めるしか、ないようです」

と、肩を落として言った。

「駄目《だめ》だよ、お父《と》っつァん、こんなことで諦めたら。菅井の旦那たちが、せっか

くきてくれたのに……」

　おあきが、涙声で言った。

「いずれにしろ、後手後手だな」

　源九郎が言うと、

「おれは、押し込んできたやつらの裏に、大物がいるような気がするのだがな」

　安田が、その場に集まっている男たちに目をやりながら言った。

「おれも、そうみている。……ともかく、だれがどんな狙いで、この店をつぶそうとしているのか、まず、それをつきとめないとな。押し込んでくるやつらを追い返しているだけでは、始末はつかないぞ」

「この店をつぶそうとしているのは、何者だ」

　菅井が、顔をしかめた。

「黒幕を探ってみよう」

　源九郎が重いひびきのある声で言った。

「何か、当てはあるのか」

　菅井が訊いた。

「ある、諏訪町《すわちよう》の栄造《えいぞう》だ」

源九郎が栄造の名を口にした。

栄造は浅草諏訪町に住む岡っ引きだった。これまで、源九郎たちは町方がかかわるような事件のおりに、栄造の手を借りることがあったのだ。

四

源九郎は孫六を連れて、浜富を出た。ふたりで諏訪町にむかい、栄造と会うつもりだった。

栄造は諏訪町に住んでいた。岡っ引きとして事件にかかわっていないときは、お勝《かつ》という女房とふたりで、勝栄《かつえい》というそば屋をやっていた。勝栄という店の名は、お勝と栄造から一文字ずつとったという。

孫六がまだ岡っ引きだったころ、栄造と親しくしていた縁で、源九郎たちとの繋《つな》がりができたのだ。

源九郎と孫六は、大川にかかる両国橋を渡って賑やかな両国広小路に出た。そして、神田川にかかる浅草橋を渡り、奥州街道を北にむかった。

陽は西の家並のむこうに沈みかけていた。暮れ六ツ（午後六時）まで間がないが、諏訪町まで遠くないので、それほど遅くならないうちに勝栄に着けるだろう。

源九郎たちは、浅草御蔵の前を通り過ぎ、黒船町《くろふねちょう》を経て諏訪町に入ると、右手の路地に入った。

路地を一町ほど歩くと、路地沿いにそば屋があった。勝栄である。源九郎たちは勝栄に何度も来ていたので、道に迷うようなことはなかった。

勝栄の店先に、暖簾が出ていた。なかから男の話し声が聞こえた。客が何人かいるようだ。

源九郎と孫六は、勝栄の暖簾をくぐった。土間の先の小上がりで客がふたり、そばをたぐっていた。職人ふうの男である。

「栄造はいるかい」

孫六が、奥にむかって声をかけた。

すると、奥の板場から、お勝が顔を出した。

「あら、いらっしゃい」

お勝は大年増《おおどしま》だが、まだ子供はいなかった。赤い片襷《かただすき》をかけていた。あらわになった白い腕が、何とも色っぽい。

お勝は、孫六と源九郎を知っていた。孫六と源九郎は、何度も勝栄に来たことがあり、お勝とも顔を合わせていたのだ。

「親分はいるかい」

孫六が訊いた。

「いますよ。すぐ呼びますから」

お勝は、板場にもどった。

待つまでもなく、栄造が板場から出てきた。洗い物でもしていたらしく、栄造は濡れた手を前だれで拭きながら源九郎たちのそばに来ると、

「何かありましたかい」

と、声をひそめて訊いた。客のふたりに聞こえないように気を使ったらしい。

「おめえに、訊きてえことがあってな」

そう言って、孫六が小上がりの框《かまち》に腰を下ろした。

源九郎も孫六のそばに腰を下ろし、立っている栄造に目をやった。

「おめえ、本所の元町に浜富ってえ、居酒屋があるのを知ってるかい」

孫六が訊いた。

「浜富な」

栄造はいっとき記憶をたどるような顔をしていたが、「知らねえ」と小声で言った。

そのとき、小上がりにいたふたりの客が、栄造に声をかけた。そばを食べ終え、勘定を払いたいらしい。

「ここで、待っててくだせえ」

栄造はそう言い残し、ふたりの客のそばにいって銭を貰った。そして、客を送り出すと、源九郎たちのそばにもどってきた。

「その浜富ってえ居酒屋で、何かあったんですかい」

栄造が声を大きくして訊いた。客がいなくなったので、気兼ねなく話せるようだ。

「浜富に、ならず者たちが踏み込んできて店を荒らすのだ」

源九郎が、これまでの経緯をかいつまんで話した。

「そいつら、どういうつもりで店を荒らすのかな」

栄造が首をひねった。

「嫌がらせや恨みじゃァねえ」

孫六が言った。

「それにな、大勢いるのだ」

源九郎が、今日は五人で浜富に踏み込んできたことと、五人のなかに武士がふたりいたことを話した。

「お侍が、ふたりもいたんですかい」

栄造が驚いたような顔をした。

「おれは、その五人の背後に、大物が潜んでいるような気がするのだ」

源九郎が言うと、

「そうかもしれねえ」

栄造がつぶやき、虚空を睨《にら》むように見据えた。栄造は、記憶をたどっているようだった。

源九郎と孫六は、栄造が口をひらくのを待った。

いっときすると、栄造は何か思い出したらしく、ちいさくうなずき、

「四、五年前だが、同じような話を聞いた覚えがありやす」

と、源九郎と孫六に目をやって言った。

「話してくれ」

「居酒屋じゃァねえが、柳橋《やなぎばし》の料理屋で同じようなことがあったようで」

「どんな話だ」

「初めは、店を譲ってくれ、と話があったそうでさァ。それが、雀《すずめ》の涙ほどの金しか出さなかったので、店のあるじは断ったらしい。すると、連日、店に嫌がらせがあって、商売ができなくなってしまった」

「浜富と同じだぞ」

源九郎が言った。

「それで、どうした」

孫六が話の先をうながした。

「しばらく我慢して店をつづけていたが、そのうち客もこなくなってしまい、とうとうむこうの言い値で、店を売ったと聞いている」

栄造が語尾を濁した。四、五年も前の話なので、記憶がはっきりしないらしい。

「そいつらだな、浜富を狙っているのは」

源九郎は、やり方が浜富と同じだと思った。

「だれが、その店を買い取ったか、分からねえのかい」

孫六が訊いた。

「分からねえ。……御用聞きも探らなかったようだし、八丁堀の旦那も乗り出さなかったからな」

「その店の名は分かるか」

源九郎が訊いた。

「確か、繁乃屋《しげのや》だったな。……いまは、別の名になってるんじゃァねえかな」

「いまの店の名は」

「分からねえ」

「その店は、柳橋のどこにあるのだ」

源九郎は店の名が分かれば、すぐにつきとめられると思った。

「確か、柳橋のたもと近くの大川端に、あると聞きやした」

栄造が言った。

「明日、行ってみるか」

源九郎は脇にいた孫六に、「勝栄で、そばでも食っていくか」と小声で訊いた。これからはぐれ長屋に帰ると、だいぶ遅くなる。孫六の家でも、夕餉《ゆうげ》はとうに済んでいるだろう。

「旦那、ちくっと、一杯やりやすか」

孫六が、糸のように目を細めて言った。

五

翌朝、源九郎は朝起きて顔を洗うと、湯を沸かして茶を飲んだだけで長屋に住む安田のところへ足を運んだ。昨夜、勝栄で飲んで遅く帰ったので、腹は減っていなかった。

源九郎は、浜富を襲った一味のなかにいた久保のことが気になり、安田に訊いてみようと思ったのだ。安田は、御徒町に出かけて久保のことを探ったはずである。

安田は家にいた。朝餉をすませて、座敷で茶を飲んでいた。

源九郎は上がり框に腰を下ろし、

「安田、久保のことだが、何か知れたか」

と、すぐに訊いた。

「伊庭道場の門弟に聞いたのだがな。やはり、久保は伊庭道場の門弟だったらしい。名は、久保宗三郎《そうざぶろう》。御家人の冷や飯食いのようだ。……ただ、五、六年も前に道場をやめ、いまはどこにいるか、分からないらしい。おれと似たような境遇だな」

安田が苦笑いを浮かべた。

「そうか」

おれと菅井も、似たようなものだ、と源九郎は、胸の内でつぶやいた。

その日、源九郎は昼近くなって、孫六とふたりで、はぐれ長屋を出た。

源九郎たちは、柳橋へ行ってみるつもりだった。柳橋にむかう途中、浜富に寄ると、菅井と三太郎、それに平太がいた。

「どうだ、様子は」

源九郎が菅井に訊いた。

「今日は、静かだ」

菅井はそう言った後、源九郎に身を寄せて、「まだ、一杯やるには早いからな」と小声で言った。

「柳橋の帰りに寄るよ」

そう言い残し、源九郎と孫六は柳橋にむかった。

柳橋は、浜富のある元町から近かった。料理屋や料理茶屋などが多くある土地は、両国橋を渡り、両国広小路に出て神田川にかかる柳橋を渡った先である。

「栄造は、橋のたもと近くだと言ってやしたぜ」

孫六が言った。

「店は、大川端にあるようだな」

源九郎は、橋を渡った先で訊けば、分かるのではないかと思った。

源九郎と孫六は柳橋を渡ると、大川沿いの通りに出た。柳橋は賑わっていた。江戸でも有数の人出の多い両国広小路が近く、しかも料理屋や料理茶屋などが多いせいである。

大川沿いの通りには、料理屋や料理茶屋が何軒もあった。

「土地の者に、訊くしかないな」

源九郎は、店の名が分からないので、近くの住人に訊くより他に手はないと思った。

「旦那、あそこに酒屋がありやすぜ」

孫六が通り沿いの店を指差した。

酒屋にしては、大きな店だった。店先に酒林《さかばやし》が吊され、店のなかの棚には酒《さか》樽《だる》や菰樽《こもだる》などが並んでいた。

「あの酒屋で、訊いてみるか」

源九郎と孫六は、酒屋の店先まで行ってみた。

店のあるじらしい男が、店の奥の座敷で小僧らしい男と何やら話していた。

「いらっしゃい」

あるじらしい男が、源九郎と孫六を目にし、揉《も》み手をしながら近寄ってきた。

「お酒ですか」

あるじらしい男が、目を細めて訊いた。

どうやらこの店は、立呑酒も売っているらしい。それで、源九郎たちを客と思ったようだ。

孫六は一杯やりたそうな顔をしたが、源九郎はかまわず、

「店のあるじか」

と、小声で訊いた。

「そうですが」

「ちと、訊きたいことがあるのだ」

と、あるじに言った。

「なんです」

あるじの顔から、笑みが消えた。源九郎たちが、客ではないと分かったからだ

ろう。

「四、五年前の話だが、この近くに繁乃屋という料理屋はなかったかな」

源九郎が繁乃屋の名を出して訊いた。

「繁乃屋ですか」

あるじは、小首をかしげた。

「いまは、別の名になっているはずだ」

「いまの店の名は、分かりますか」

「それが、分からないのだ。揉め事があってな。別の者が、安く店を買い取ったと聞いている」

「富沢屋《とみざわや》ですよ」

あるじの顔が、急にきびしくなった。

「その富沢屋だが、あるじの名を知っているか」

「じ、甚兵衛《じんべえ》さんです」

あるじが、声をつまらせて言った。源九郎が富沢屋のことを探っていると気付いたのか、顔に警戒の色があった。

「甚兵衛は、どんな男だ」

かまわず、源九郎が訊いた。

「し、知りません、名しか……」

あるじは、その場から離れたいような素振りを見せた。

源九郎が口をつぐんでいると、脇に立っていた孫六が、

「富沢屋は、料理屋をつづけているのかい」

と、小声で訊いた。

「つづけてます」

「繁盛してるのか」

「繁盛してるようですよ」

すぐに、あるじは答えた。顔からこわ張った表情が消えている。孫六が、差し障りのないことを訊いたからだろう。

孫六は、隠居する前、岡っ引きをやっていただけあって話の聞き方が巧みである。

「富沢屋はどこにあるんだい」

さらに、孫六が訊いた。

「この先、三町ほど行くと、川沿いにありますよ」

あるじによると、店の脇に桟橋があるので行けば分かるという。

「その桟橋は、富沢屋で使っているのか」

「くわしいことは知りませんが、お客さんの送り迎えに使ってるようですよ」

「そうかい」

孫六は、身を引いた。

源九郎も、それ以上あるじから訊かなかった。富沢屋の近くで訊いた方が、様子が分かると思ったのである。

六

源九郎と孫六は、大川沿いの道を川上にむかって歩いた。

三町ほど歩くと、孫六が、

「そこに、桟橋がありやすぜ」

と言って、川岸を指差した。

源九郎が思っていたより大きな桟橋で、猪牙舟《ちょきぶね》が二艘《そう》と屋形船が一艘舫《もや》ってあった。

「屋形船もあるな」

「近所の船宿の持ち船かもしれねえ」

孫六が言った。

「桟橋の脇にあるのが、富沢屋のようだ」

二階建ての店だった。

源九郎と孫六は、富沢屋に近寄った。通りには、行き交うひとの姿があったので、源九郎たちに不審の目をむける者はいなかった。

「大きな店だな」

二階だけで、客を入れる座敷が三間はありそうだった。

店の入口は洒落《しやれ》た格子戸になっていて、脇の掛け行灯《あんどん》に、「御料理　富沢屋」と記してあった。

源九郎と孫六は店の前で歩調を緩めただけで、そのまま通り過ぎた。立ちどまって店に目をやっていると、富沢屋の者が不審を抱くだろう。

ふたりは富沢屋の店先から半町ほど歩き、大川の岸際に足をとめた。

「繁盛しているようだな」

源九郎が言った。

「この辺りは、客が多いからでさァ」

「近所で訊いてみるか」

「船頭に訊けば、様子が知れるかもしれねえ」

そう言って、孫六は川上に目をやった。

「あそこに、桟橋がありやすぜ」

孫六が指差した。

川沿いに船宿らしい店があり、それが邪魔になってはっきり見えないが、その店の先にちいさな桟橋があった。猪牙舟が、舫ってある。

「行ってみよう」

源九郎たちは、川上にむかって歩いた。

川沿いにある船宿の脇にちいさな桟橋があり、猪牙舟が二艘舫ってあった。おそらく、客を吉原《よしわら》へ送迎するための舟であろう。この辺りの船宿は、吉原への送迎もやっているのだ。

「船頭がいやすぜ」

孫六が、桟橋を指差して言った。

見ると、舫ってある猪牙舟に船頭らしい男の姿があった。船梁《ふなばり》に腰を下ろし、煙管《キセル》を手にしていた。莨《たばこ》を吸っているようだ。

「船頭に、話を訊いてみるか」

源九郎たちは、桟橋に足をむけた。

ふたりは桟橋につづく短い石段を下り、船頭のいる舟に近付いた。

船頭は桟橋を歩く音に気付いたらしく、源九郎たちに目をむけた。手にした煙管の雁首《がんくび》から上った白い煙が、風に散っている。

源九郎たちが船頭のいる舟に近付くと、船頭は煙管を船縁《ふなべり》でたたいて吸い殻を川面に落としてから、

「あっしに、何か用ですかい」

と、大きな声で訊いた。大声を出さないと、大川の流れの音で掻き消されてしまうのだ。

「訊きてえことがある」

孫六も、大きな声を出した。

「なんです」

船頭は、孫六の後ろに立っている源九郎を気にしているようだった。年寄りだが、武士だったからだろう。

孫六は懐から古い十手を取り出して船頭に見せ、

「お上の御用だ」

と言ってから、話をつづけた。

「この先に、富沢屋ってえ料理屋があるな」

孫六は来た道を指差して言った。

「ありやすが」

「料理屋の脇に桟橋があるが、あの桟橋は富沢屋で使っているのかい」

「富沢屋の桟橋でさァ」

「富沢屋は、舟で客の送り迎えもやっているのか」

「そのようで」

「船宿と同じだな。……あの桟橋には屋形船もあったが、あれも富沢屋の持ち船かい」

孫六は、屋形船のことを持ち出した。

「そうでさァ」

「まさか、屋形船で、客の送り迎えをしてるんじゃァあるまいな」

「あの船は、送り迎えに使ってるんじゃァねえ」

「何に使ってるんだ」

「船に客を乗せて、色々楽しませるようでさァ」

船頭が話したことによると、金持ちの上客だけ綺麗所《きれいどころ》といっしょに屋形船に乗せ、船のなかで楽しませるという。

「いろいろ楽しみがありやしてね。船のなかは、極楽のようですぜ」

船頭が薄笑いを浮かべて言った。

「そういうことか」

孫六が身を引くと、

「富沢屋には、うろんな牢人が出入りしているようだな」

源九郎が言った。浜富を襲った久保のことを聞き出そうとしたのだ。

「へえ」

船頭は、戸惑うような顔をした。

「実は、おれの知り合いの娘がな。あの店に出入りしている牢人に、手込めにされたのだ。……久保という名だ」

源九郎は作り話を口にし、久保の名を出した。

「久保の旦那なら知ってやす」

船頭によると、久保は富沢屋に出入りし、店に揉め事があると顔を出すそうだ。そして、相手を恫喝《どうかつ》し、強引に始末をつけるという。

「もうひとり、牢人がいるはずだ」

「望月《もちづき》の旦那ですかい」

船頭が、望月練次郎《れんじろう》という名を口にした。

「望月だが、やはり富沢屋に出入りしているのだな」

「ちかごろ、顔を出すようになったようでさァ」

船頭が、望月の姿を見掛けたのは、三月ほど前からだと話した。

「ところで、富沢屋のあるじの甚兵衛だが、いつも店にいるのか」

源九郎が、声をあらためて訊いた。

「それが、あっしは富沢屋の旦那をあまり見かけねえんでさァ。店にはいるようですがね」

船頭が首をひねりながら言った。

「うむ……」

甚兵衛には姿を見せたくない理由があるからだろう、と源九郎は思った。

「富沢屋の旦那は、出歩くのが好きじゃァねえらしい」

船頭がつぶやくような声で言った。

七

「菅井の旦那、あいつでさァ」

茂次が竪川の岸際を指差した。

「柳の陰にいる男だな」

菅井が、岸際に目をやりながら言った。

菅井と茂次は、浜富の脇に身をひそめていた。茂次が、菅井に店を見張っている男がいると知らせ、ふたりで店の外に出てきたのだ。

岸際に植えられた柳の樹陰に、遊び人ふうの男がいた。浜富の方へ顔をむけている。店の様子をうかがっているようだ。

「あの男、浜富を見張っているようだぞ」

菅井が言った。

「浜富の様子を見て、襲うつもりじゃァねえかな」

「近くに仲間がいるのか」

菅井は、通りの左右に目をやった。

竪川沿いの通りを行き交う人の姿は、まばらだった。陽が西にかたむいたころで、ちょうど人通りがすくなくなるころである。

「それらしいのは、いねえが……」

茂次がつぶやいた。

「様子を見にきただけかもしれんな」

「どうしやす」

「やつをつかまえて、仲間のことを吐かせるか」

菅井が、柳の陰にいる男を見据えて言った。

「やりやしょう」

茂次が低い声で言った。やる気になっている。

「通りで、つかまえるのはむずかしいぞ。……茂次、長屋までひとっ走りして、安田を呼んできてくれ。四人で挟み撃ちにする」

安田は、はぐれ長屋にいるはずだった。浜富に平太がいるので、四人で挟み撃ちにすることができる。

「承知しやした」

茂次は、すぐにその場を離れた。

茂次は浜富を見張っている男に気付かれないように通行人にまぎれ、店から離れたところで走りだした。

菅井と平太が浜富で待つと、茂次が安田を連れてきた。茂次は手ぬぐいで頰っかむりし、安田は網代笠《あじろがさ》をかぶっている。ふたりは、正体が知れないように顔を隠し、一杯やりにきた客のような振りをして店に入ってきた。

「店を見張っている男は、どこにいる」

安田が訊いた。

「半町ほど先の柳の陰だ」

菅井が、いまもいる、と言い添えた。

「見てみよう」

安田は姿が見えないように店の隅からすこしだけ顔を出して、通りに目をやった。

「あいつか」

安田はそうつぶやいて、菅井たちのそばにもどってきた。

「やつを捕らえるつもりだが、挟み撃ちにしよう」

菅井が言った。

「承知した」

安田が、おれと茂次とで通行人を装って、柳の陰にいる男の背後にまわると話した。

「頼む」

「茂次、行くぞ」

安田は網代笠をかぶった。

安田が客のような振りをして店先を出ると、すこし間をとって、茂次も店から出てきた。茂次は手ぬぐいで頬っかむりしている。

ふたりは、通行人を装って大川の方へむかった。柳の陰にいる男は、安田たちに不審を抱かなかったとみえ、その場から動かなかった。

安田と茂次は、柳の陰にいる男から半町ほど離れると、踵《きびす》を返した。そして、男の方へ足早にもどってきた。

まだ、男は安田たちに気付かない。柳の陰から、浜富に目をやっている。

安田と茂次が、柳の陰にいる男の背後に近付いたとき、浜富の店先から菅井と平太が姿を見せた。こちらに、歩いてくる。

柳の陰にいた男は戸惑うような顔をして、菅井たちに目をやっていたが、ふたりが足早に近付いてくると、柳の陰から通りに出た。そして、踵を返し、その場から逃げようとした。

男の近くに迫っていた安田は、いきなり抜刀し、刀身を峰に返した。峰打ちに仕留めるつもりなのだ。

男は刀を手にした安田の姿を目にし、凍りついたようにその場につっ立った。

安田が刀を脇構えにとって疾走した。

男は反転して逃げようとした。

「遅い！」

安田は男に走り寄り、刀を横に払った。一瞬の太刀《たち》捌《さば》きである。

安田の刀身が、男の脇腹を強打した。

男は低い呻《うめ》き声を上げ、腹を両手で押さえて後ろによろめいたが、足がとまると、その場に蹲《うずくま》った。

近くを通りかかった者たちが、悲鳴を上げて逃げ散った。安田が男を斬ったと思ったようだ。

安田、茂次、菅井、平太の四人は、男に近寄って取り囲んだ。通行人たちが大勢集まり、蹲っている男や安田たちに目をやっている。

「浜富に連れていくぞ」

安田が言った。

茂次と平太が、男の両腕をとって立たせたが、男は呻き声を上げているだけで歩こうとしなかった。仕方なく、茂次と平太が男の両腕をとったまま引き摺《ず》るようにして、浜富に連れていった。

八

岡造とおあきは浜富の戸口まで出てきて、安田たちを見ていたが、男をひとり連れてもどってくるのを見ると、

「そ、その男は……」

と、岡造が声をつまらせて訊いた。

「この店を見張っていたのだ」

菅井が言った。

「お、おれは、柳の陰で一休みしてただけだ」

男が、声を震わせて言った。まだ、腹が痛むらしく、両手で押さえている。

菅井は男に目をやったまま、

「今日は、店をしめてくれ。この男から、話を聞きたいのだ」

と、岡造に頼んだ。

「すぐ、しめます」

岡造は、おあきとふたりで戸口にむかった。

ふたりは、店先にあった長床几《ながしようぎ》を店のなかに入れ、暖簾を下ろした後、腰高障子をしめてしまった。

菅井は男を後ろ手に縛った後、店の奥の土間に腰を下ろさせた。

「おまえの名は」

まず、菅井は男の名を訊いた。

「……！」

男は顔をしかめたまま口をひらかなかった。

菅井は刀を抜くと、

「おれは、気が短いんだ。しゃべらなければ、この場で斬って、大川に投げ込んでやる」

そう言って、切っ先を男の頬に近付けた。

男は首を竦《すく》めた。顔が蒼《あお》ざめ、体が顫《ふる》えだした。

「おまえの名は」

同じことを、菅井は訊いた。

「佐助《さすけ》で……」

男が小声で名乗った。

「佐助、浜富を見張っていたな」

「お、おれは、柳の陰で一休みしていただけだ」

佐助が、声をつまらせて言った。

「ごまかすな」

菅井は、手にした刀の切っ先を佐助の頬に当て、すこしだけ引いた。

ヒイイッ、と悲鳴を上げ、佐助が首を竦めた。佐助の頬に赤い血の線がはしり、タラタラと血が流れ落ちた。

「浜富を見張っていたな」

菅井が語気を強くして訊いた。

「へ、へい……」

佐助が首を竦めて答えた。

「だれの指図だ」

「又次郎兄いでさァ」

佐助はしゃべる気になったらしい。

「又次郎は、匕首《あいくち》を遣う男だな」

「そうで……」

「この店を襲うつもりで、見張っていたのだな」

「詳しいことは知らねえが、兄いに浜富を見張れ、と言われてきやした」

佐助によると、浜富を見張り、店に入ったまま出てこない武士が何人いるかつきとめろ、と言われたという。

「又次郎は、この店に踏み込む前に、武士が何人いるか探ろうとしたのだな」

「そうかもしれねえ」

「うむ……」

菅井はいっとき口をひき結んで、黙考していたが、

「おまえたちの頭目は、だれだ」

と、声をあらためて訊いた。

「又次郎兄いは、柳橋にいる親分といってやしたが、あっしは顔を見たこともねえし、名も知らねえんで」

「柳橋の親分な」

菅井は、柳橋に出かけた源九郎と孫六が何かつかんでくると思い、親分のことはそれ以上訊かなかった。

「ところで、おまえたちは、どうしてこの店を何度も襲うのだ。金のためではないようだし、店の者に恨みがあるとも思えん」

菅井が訊くと、すこし離れた場所にいた岡造とおあきが、近寄ってきた。ふたりが、もっとも聞きたかったことらしい。

「詳しいことは知らねえが、この店を料理屋にすると言ってやした」

「料理屋だと、どういうことだ」

菅井が言うと、背後に来ていた岡造が、

「この店は、料理屋などにならねえぞ」

と、身を乗り出すようにして言った。

「建て替えると、言ってやした」

「建て替えるにしても、それだけの土地はない」

さらに、岡造が言った。

「隣の料理屋も取り壊して、大きな料理屋を建てるそうで」

「隣の料理屋だと」

岡造が驚いたような顔をした。

そう言われれば、浜富の隣には料理屋があり、半年ほど前から店をしめたままだった。料理屋と浜富を取り壊し、その場所に新しく料理屋を建てるつもりのようだ。

「ここに、浜富があっては、大きな料理屋が建たないわけか」

菅井が言った。

「そう聞いてやす」

「料理屋な」

菅井は、執拗《しつよう》に浜富に押し入り、商売の邪魔をしている一味の狙いが分かった。

「いったい、だれが、ここに料理屋を建てる気なんだ」

岡造が声を震わせて言った。

菅井は、ここに新たな料理屋を建てようとしているのは、柳橋の親分と呼ばれている男だろうと思った。

第三章　長屋襲撃

一

「菅井の旦那、あたし、怖くて……」

　おあきが、菅井に肩を寄せて言った。

　ふたりがいるのは、浜富だった。店の隅に行灯《あんどん》が置かれ、ふたりの姿をぼんやりと照らし出している。

　菅井たちが、佐助を捕らえて話を聞いた夜だった。浜富にいた安田たちは、岡造とおあきが支度してくれた夕めしを食い、一杯飲んでからはぐれ長屋に帰ったのだ。

　岡造は、昼間の騒ぎで疲れたのか、先に奥の部屋へいって横になっていた。

すでに、五ツ（午後八時）を過ぎていた。表の板戸が閉められ、店のなかはひっそりとしていた。聞こえてくるのは竪川の汀《みぎわ》に寄せる波の音だけである。

菅井がひとりだけ浜富に残ったのは、おあきに引きとめられたからだ。

菅井たちが帰ろうとしたとき、

「夜になって、押し込んでくるかもしれない。……あたし、怖い」

と、おあきが言い出し、菅井に残ってくれ、と頼んだのだ。

菅井は、安田たちがいた手前もあり、

「おれひとり残るのは、どうも……」

と、困ったような顔をした。

「おあきさんの言う通りだ。佐助が帰らないのを知って、又次郎たちが踏み込んでくるかもしれない。……菅井、残ってやれ」

安田が念を押すように言うと、

菅井が、「仕方がない、おれが残る」と言って、菅井だけ残ったのだ。

捕らえた佐助は、店の奥の酒樽《さかだる》を並べた脇の柱に縛りつけてあった。明日にも、孫六を通して栄造に話し、町方に引き渡すことになっていた。

「ねえ、もう一杯、飲んで」

おあきが、ちろりを手にして言った。声に、甘えるようなひびきがあった。

「おお、すまん」

菅井は目を細めて、猪口《ちょく》に酒をついでもらった。

おあきは、菅井が猪口をかたむけるのを見ながら、

「この店、どうなるのかしら」

と、不安そうな顔をして言った。

「このまま商売をつづければいい。……心配するな。おれたちが、守ってやる」

菅井が、静かだが強いひびきのある声で言った。

「菅井の旦那ァ」

おあきが、肩先を菅井の胸に押しつけてきた。

「おあき……」

菅井がおあきを抱こうとして、肩に手をまわしたときだった。

ドン、ドン、と表の板戸をたたく音がし、

「伝兵衛店から来やした。菅井の旦那、いやすか」

と、慌てているような男の声がした。

菅井は聞き覚えのない声だったが、男が伝兵衛店と口にしたので、長屋の者だ

ろうと思い、

「どうした」

と、板戸に近寄って訊《き》いた。

「安田の旦那に頼まれてきやした。あけてくだせえ」

男が言った。

菅井は、何の用かと思い、

「いま、あける」

と言って、板戸にかってある心張り棒を外した。

すると、いきなり、刀身が突き出された。咄嗟《とっさ》に、菅井は後ろに大きく身を引いて、切っ先から逃れた。

ぬっと、男がひとり入ってきた。

久保だった。抜き身を引っ提げている。久保につづいて、もうひとり牢人体の男が入ってきた。久保といっしょに、この店を襲った男である。この男は望月だったが、菅井はまだ望月の名を知らない。望月につづいて、又次郎も入ってきた。

おあきは、悲鳴を上げて店の奥へ逃げた。

菅井は長床几《ながしようぎ》の上に置いてあった大刀を手にしたが、

……三人が相手では太刀打ちできぬ！

と、思い、

「おあき、岡造といっしょに裏から逃げろ！」

と、声を上げ、奥へ通じる場にあった竈《かまど》の脇に立った。久保たちの足をとめようとしたのだ。

「菅井の旦那も、逃げて！」

おあきは引き攣《つ》ったような声を上げ、岡造のいる奥の部屋へむかった。

菅井は奥へ通じる場に立ちふさがった。

「ここは、通さぬ」

「こいつは、おれにやらせてくれ」

久保が菅井の前に立った。

その場は狭く、望月と又次郎は、菅井の脇へまわり込むことができなかった。

菅井は居合の抜刀体勢をとった。

前に立った久保は、低い青眼に構えた。その場は狭く、八相や上段に構えられなかったのだ。

ふたりの間合は、およそ二間。立ち合いの間合としては、近かった。一歩、大きく踏み込めば、一足一刀の斬撃の間境に入ってしまう。

「いくぞ」

久保が趾《あしゆび》を這《は》うように動かし、ジリジリと間合をつめてきた。

対する菅井は、動かなかった。いや、動けなかったのである。その場は狭く、居合で逆袈裟《ぎやくげさ》に抜き付けるのはむずかしかった。それに、一度抜けば、久保を仕留めたとしても、望月に踏み込まれて斬られる恐れがあった。

……この場は、逃げるしかない。

菅井は、岡造がおあきを連れて裏手から逃げ出すのを待って、自分もこの場から逃げようと思った。

菅井はすこしずつ後じさった。久保が、斬撃の間境に踏み込むのを遅らせようとしたのだ。

背後で、おあきと岡造の声が聞こえた。ふたりは、背戸の近くまで行ったようだ。背戸から裏手へ出て、川沿いをたどってはぐれ長屋にむかうはずである。菅井は、押し込みの一味に襲われて逃げるときは、はぐれ長屋へ行くようにおあきに話してあったのだ。

背戸をあける音がした。

そのとき、久保が踏み込み、
タアッ！

鋭い気合とともに、青眼から突きをはなった。その場が狭く、真っ向や袈裟に斬り込みづらかったらしい。

咄嗟に、菅井は身を引いた。

久保の切っ先は、菅井の胸の近くまで来たが、わずかにとどかなかった。

菅井は刀を抜かずに、さらに後じさり、久保との間があくと、反転して背戸にむかった。

「待て！」

背後から、久保たちが追ってきた。

菅井は暗い土間を手探りで進み、板間の脇を抜けて背戸の前へ出た。久保たちの足音は、聞こえなかった。裏手は暗く、なかなか背戸まで来られないようだ。

菅井は背戸から飛び出した。走りながら竪川沿いの道に目をやったが、おあきと岡造の姿はなかった。ふたりは、はぐれ長屋にむかったらしい。

二

はぐれ長屋は深い夜陰につつまれ、ひっそりと寝静まっていた。どこかで、赤子の夜泣きと母親のあやす声が聞こえた。

菅井の家の腰高障子が、明らんでいた。

菅井は足早に家に近付いた。腰高障子の向こうから、何人もの声が聞こえた。源九郎、安田、茂次……。それに、おあきの声も聞こえた。おあきと岡造は、菅井の家に逃げ込んだようだ。

菅井は腰高障子をあけた。

土間や座敷にいた男たちが、いっせいに菅井に目をむけた。

「菅井の旦那！」

座敷に座っていたおあきが、声を上げて立ち上がった。

おあきのそばに岡造が腰を下ろし、上がり框《がまち》ちかくに源九郎と安田の姿があった。土間には、茂次、孫六、平太、三太郎の四人がいた。菅井の仲間の六人が、集まっていたのだ。

「何とか、逃げられたよ」

菅井が、照れたような顔をして言った。

「よかった。あたし、菅井の旦那が、殺されたんじゃァないかと思って……」

おあきが、涙声で言った。

「ともかく、無事でよかった」

源九郎がほっとした顔で、

「茂次たちは、これで帰ってくれ、家族が心配してるだろう」

と、土間にいる茂次たちに声をかけた。

茂次たち四人には、家族がいた。家族は、茂次たちが家を出たまま帰らないので、心配しているはずだった。それに、茂次たちが、この場にいてもやることはない。

「あっしらは、これで」

茂次が言って、土間にいた四人は戸口から出ていった。

源九郎は、菅井が座敷に腰を下ろすのを待ってから、

「浜富に踏み込んできたのは、何人だ」

と、訊いた。安田、おあき、岡造の三人の目は、菅井にむけられている。

「三人だ」

菅井は、久保と又次郎の名を口にした後、

「もうひとり、牢人体の武士がいた」

と、言い添えた。

「そやつ、望月ではないかな」

源九郎が、柳橋にある富沢屋のことをかいつまんで話した後、富沢屋に久保と同じように出入りしている望月という名の牢人がいることを言い添えた。

「望月という名か」

菅井がちいさくうなずいた。

源九郎と菅井が口を閉じると、座敷は重苦しい沈黙につつまれた。五人の息の音だけが聞こえている。

「しばらく、浜富に帰れないな」

源九郎が、つぶやくような声で言った。

「どうしよう」

おあきは、不安そうな顔をして岡造に目をやった。

「店しか居場所がないからな」

そう言って、岡造は肩を落とした。

すると、源九郎が身を乗り出すようにして、

「しばらく、ここで寝泊まりすればいい」

と、岡造とおあきに目をやって言った。

「ここに……」

おあきは、チラッと菅井を見た。

「い、いっしょに、暮すのか」

菅井が、声をつまらせて言った。顔が赤くなり、般若《はんにゃ》のようになった。おあきと所帯を持つことになると思ったようだ。

「菅井は、おれのところへ来ればいい。始末がつくまでだ。そう長い間ではあるまい」

源九郎が言うと、菅井は急に渋い顔をし、

「仕方ない。華町と、いっしょに寝るか」

と、気乗りしない声で言った。

「菅井、おれのところでもいいぞ」

安田が言った。

「いや、華町のところでいい」

菅井が、将棋ができるからな、と小声で言い添えた。

次に口をひらく者がなく、その場にいた者たちの息の音だけが聞こえていたが、

「店はどうなるのか……」

岡造が、不安そうな顔でつぶやいた。又次郎たちが来て、だれもいなくなった浜富を勝手に取り壊すのではないかと思ったらしい。

「おれたちが交替で見に行く。勝手に、店を取り壊すようなことをすれば、その場で斬り捨ててやる」

菅井が語気を強くして言った。

翌朝、源九郎と菅井は、孫六と平太を連れてはぐれ長屋を出た。浜富がどうなったか見るためと、柳橋まで足を伸ばして、富沢屋のことをもうすこし探ってみようと思ったのである。

安田、茂次、三太郎の三人は、長屋にいることになった。おあきと岡造がいるので、念のために長屋に残ったのである。

源九郎たちは、浜富の前まで来ると、店に目をやった。

「変わった様子はないな」

表戸はしまったままだった。店を壊された様子はなかった。

源九郎たちは板戸に身を寄せ、なかの様子をうかがったが、物音はせず、ひとのいる気配もなかった。

「店に手を出すとしても、今日、明日ということはあるまい」

源九郎たちは、浜富の前を通り過ぎた。

「どうする」

歩きながら、菅井が訊いた。

「このまま柳橋に行く」

源九郎が言った。

三

源九郎たち四人は、柳橋の大川沿いの道を川上にむかって歩いた。まだ、早いせいか、人影はまばらだった。

四人が富沢屋のそばまで行くと、

「桟橋を見てみろ」

源九郎が、桟橋を指差した。

猪牙舟《ちょきぶね》が二艘《そう》、それに屋形船が一艘舫《もや》ってあった。船頭らしい男が、屋形船に乗っていた。座布団を手にしている。屋形船のなかに、座布団を並べているのかもしれない。

「料理屋が、屋形船を持っているのか」

菅井が訊いた。

「金持ちの客を乗せて、楽しませるらしい」

「酒を飲むだけではないのか」

「綺麗所《きれいどころ》も、いっしょのようだ」

「金持ちのやりそうなことだ」

菅井が、顔をしかめた。

源九郎が、桟橋の近くにある料理屋を指差し、

「あれが、富沢屋だ」

と、小声で言った。

「大きな店ではないか」

菅井が驚いたような顔をした。思っていたより、大きな店だったからだろう。

「近付いてみるか」

源九郎たち四人は通行人を装い、富沢屋の前をゆっくりと通り過ぎた。すでに、客がいるらしく、二階の座敷から男たちの談笑の声が聞こえてきた。

四人は富沢屋から半町ほど歩いた先で足をとめ、あらためて富沢屋に目をやりながら、

「どうするな」

と、源九郎が訊いた。

「四人で、ここまで来たんですぜ。富沢屋の甚兵衛や久保たちのことを探ってみやしょう」

孫六が言った。

「どうだ、二手に分かれるか。四人で歩きまわっても埒《らち》が明かないからな」

それに、四人で歩いていては、人目を引く、と源九郎は思った。

「それがいい」

菅井が言った。

源九郎たちは、一刻（二時間）ほどしたらこの場に集まることにして、二手に分かれた。源九郎と孫六が組み、菅井と平太がいっしょになった。

「富沢屋から、すこし離れた方がいいな」

源九郎がそう言い、孫六といっしょに川上にむかった。菅井と平太は、すこし間をとって後ろから歩いてくる。

「土地の者に訊いてみたいな」

源九郎は通り沿いの店に目をやりながら歩いた。背後の菅井と平太は、どこかの路地にでも入ったらしく姿が見えなかった。

「旦那、そこに米屋がありやすぜ」

孫六が通り沿いの舂米屋《つきごめや》を指差して言った。

店の親爺《おやじ》らしい男が、店内にある唐臼《からうす》の脇に立っていた。親爺は米俵をひらいて、なかを覗《のぞ》いている。

「店の者に訊いてみるか」

源九郎と孫六は、舂米屋の店先に近寄った。

親爺が、源九郎たちを見て訝《いぶか》しそうな顔をした。源九郎たちが、客には見えなかったからだろう。

「ちょいと、訊きてえことがあるんだ」

孫六はそう言って、懐に手をつっ込んで、十手を覗かせた。岡っ引きと思わせるためである。

源九郎は、孫六にまかせるつもりで身を引いていた。

「親分さんですかい」

親爺は、戸口近くまで出てきた。

「まァ、そうだ。……この先に、富沢屋ってえ料理屋があるが、知ってるかい」

「知ってやす」

「あるじは、甚兵衛という名だな」

孫六は、甚兵衛の名を出した。

「そうでさァ」

親爺が、戸惑うような顔をした。

「甚兵衛は、ふだん店にいねえってえ話を聞いたんだがな。どこにいるんだい」

孫六が、親爺を見すえて訊いた。

親爺はいっとき口をつぐんでいたが、

「噂じゃァ、情婦《いろ》のところにいることが多いそうですがね。滅多に、顔も見かけねえんでさァ」

と、小声で言った。はたして、情婦のところにいるかどうかも、はっきりしないのだろう。

「情婦はどこにいるんだい」

さらに、孫六が訊いた。

「どこにいるか、聞いたことはねえ」

親爺は、首をひねった。

孫六と男のやり取りを聞いていた源九郎が、

「甚兵衛は、前の店を買い取って、富沢屋のあるじに収まったと聞いたのだが、その前はどこにいたのだ」

と、口をはさんだ。

「浅草にいたと、聞いてやすが」

「甚兵衛は浅草で料理屋をひらいていたのか」

「浅草で何をしてたか知りませんが、料理屋をやるのは初めてだと、聞いたことがありやす」

「料理屋は初めてか」

源九郎は、甚兵衛が浅草にいるときに何をしていたか、探る必要があると思った。

それから、孫六が久保と望月のことを訊いたが、親爺はふたりが富沢屋に出入りしていることしか知らなかった。

「手間を取らせたな」

源九郎がそう言い、孫六とふたりで春米屋の店先から離れた。

さらに、源九郎たちは通り沿いの店に立ち寄って話を聞いたが、新たなことは分からなかった。

源九郎と孫六は、菅井たちとわかれたところにもどったが、菅井たちの姿はなかった。

源九郎たちが大川の岸際に立っていっとき待つと、菅井と平太が足早にもどってきた。

四

「歩きながら話すか」

源九郎がそう言い、四人は川下にむかって歩きだした。

「まず、おれたちから話す」

源九郎が、春米屋で耳にしたことをかいつまんで話した。

「おれたちも、甚兵衛が浅草にいたという話を聞いたぞ」

菅井が身を乗り出すようにして言った。

「甚兵衛は、浅草で料理屋をしていたのではないようだ」

源九郎が言った。

「そうらしいな」

どうやら、菅井たちも同じことを聞いたらしい。

「甚兵衛は、浅草で何をしていたのだ」

「それがな、甚兵衛は賭場《とば》をひらいていたらしいのだ」

「賭場だと！」

源九郎は、驚いたような顔をした。

菅井によると、話を聞いた男は遊び人で、甚兵衛が浅草で賭場をひらいていたという噂を耳にしたことがあると口にしたという。

「賭場をひらいていたのは、浅草のどこだ」

源九郎は、賭場をひらいていた場所が分かれば、甚兵衛がどんな男なのか、聞くことができるとみた。

「そこまでは、分からないな」

菅井は、遊び人に賭場のあった場所も訊いたが、知らなかったという。

「甚兵衛が、どんな男かはっきりすれば、浜富を手に入れようとしている理由《わけ》が分かるかもしれん。何か別の狙いがあるはずだ。浜富のある場所に料理屋を建てるためだけなら、ここまでやるはずはないからな」

源九郎は、甚兵衛の狙いを知りたかった。

源九郎と菅井のやりとりを耳にしていた孫六が、

「華町の旦那、勝栄に寄ってみやすか」

と、源九郎に目をやりながら言った。

「そうだな。ここから近いな」

源九郎は、浅草を縄張にしている栄造なら、賭場のことも耳にしているのではないかと思った。

「どうだ、勝栄でそばでも食うか」

源九郎が、菅井と平太に目をやって訊いた。

「いいな。腹が減ったし、喉も乾いているからな」

菅井が目尻《めじり》を下げた。そばよりも、酒が飲みたかったらしい。

源九郎たちが勝栄の暖簾《のれん》をくぐったのは、八ツ（午後二時）ごろだった。暖簾は出ていたが、客はいなかった。

板場から顔を出した栄造は、

「今日は、四人ですかい」

と、驚いたような顔をして言った。源九郎と孫六のふたりで来ることが多く、四人もで来たことはなかったのだ。

「柳橋に行った帰りなのだ」

そう言って、源九郎は四人分のそばを頼んだ。

すると、源九郎の脇にいた菅井が、

「酒もな」

と、言い添えた。

酒好きの孫六が、目を細めてうなずいている。

栄造とお勝が、先に酒と肴《さかな》を運んできた。肴といっても、小鉢の煮染だけである。

「栄造、話がある」

源九郎が声をひそめて言うと、栄造は小上がりに腰を下ろした。お勝は板場にもどった。そばの支度をするのかもしれない。

「実はな、富沢屋の甚兵衛を探ってみたのだ」

源九郎が切り出した。

「何か、出ましたかい」

「浜富を手に入れようとしているのは、甚兵衛らしいことが分かった」

「旦那たちが、睨《にら》んだとおりで」

「それでな、甚兵衛が柳橋の富沢屋のあるじに収まる前、浅草にいたことも分かったのだ」

「甚兵衛が浅草にいたことは、あっしも知ってやす」

「それなら、話は早いが、甚兵衛は浅草にいたころ賭場をひらいていたようなのだ」

「賭場の話も、耳にしたことがありやす」

栄造の顔がひき締まった。

「その賭場は、どこにあったか、分かるか」

「それが、分からねえんでさァ」

栄造によると、浅草寺界隈《かいわい》を塒《ねぐら》にしている遊び人から、賭場が田原町にあると耳にし、探ってみたが、賭場のある場所は突き止められなかったという。

浅草田原町は一丁目から三丁目まであってひろく、田原町というだけではなかなか突き止められないそうだ。

「いずれにしろ、甚兵衛は田原町の賭場をとじて、富沢屋のあるじに収まったのだな」

源九郎が言うと、

「甚兵衛が料理屋のあるじに収まり、悪事から手を洗ったとは思えねえが」

栄造は腑に落ちないような顔をした。

「栄造、頼みがある」

源九郎が声をあらためて言った。

「なんです」

「浅草にいたころの甚兵衛を洗ってみてくれないか。何か出てくるかもしれん」

「やってみやしょう」

栄造が、目をひからせて言った。腕利きの岡っ引きらしい精悍《せいかん》な顔である。

それから、源九郎たちはいっとき酒を飲み、そばを食ってから勝栄を出た。

源九郎たちが、はぐれ長屋に着いたのは、暮れ六ツ（午後六時）が、過ぎてからだった。

源九郎たちは菅井の家に立ち寄り、おあきと岡造に何事もなかったことを確かめてからそれぞれの家にもどった。

源九郎と菅井が、源九郎の家で一息ついたときだった。

戸口に近寄る下駄の音がし、

「華町の旦那、いますか」

と、お熊の声がした。何かあったのか、声に昂《たかぶ》ったひびきがあった。

「入ってくれ」

源九郎が声をかけると、腰高障子があいてお熊が顔を出した。

「お熊、どうした」

すぐに、源九郎が訊いた。

「気になることがあってね。華町の旦那の耳に入れておこうと思って」

お熊が眉《まゆ》を寄せて言った。

「話してくれ」

「今日ね、あたしとお妙《たえ》さんが、井戸端で話してると、若い男が近付いてきて、色々訊かれたんです」

お妙は、源九郎の家と壁隣りの家に住む若い女房である。

「どんなことを訊かれた」

「おあきさんと、岡造さんのことなんですよ」

「なに、おあきと岡造のことだと」

話を聞いていた菅井が、声高に言った。

「それで、お熊たちは、おあきたちのことを話したのか」

源九郎が訊いた。

「話さなかったよ。あたしもお妙さんも、おあきさんと岡造さんのことは、話さないでくれ、と言われているからね」

お熊はそう言った後、眉を寄せ、

「でも、その男、井戸端近くにいた子供もつかまえて訊いてたんですよ。それも、しつっこく」

と、言い添えた。

「うむ……」

若い男は、長屋におあきと岡造がいることを知ったのではないか、と源九郎は思った。おそらく、若い男は久保たちの仲間であろう。

五

「華町、どうみる」

　お熊が帰った後、菅井が源九郎に訊いた。

「久保の仲間が、長屋を探りに来たのだな」

「長屋に、踏み込んでくるとみるか」

「踏み込んでくるな」

　久保たちは、おあきと岡造を始末するために、長屋を探りにきたのだろう、と源九郎はみていた。

「おあきたちを隠すか」

　菅井が、眉をひそめて言った。

「どこへ」

「この家は、どうだ。まさか、華町のところにいるとは思うまい」

「おれたちは、どうするのだ」

「おれの家へ行けばいい」

「家を換えるだけではないか。久保たちが踏み込んでくれば、すぐに気付くぞ」

「そうか」

菅井は、視線を膝先に落とした。

「どうだ、やつらが長屋に踏み込んでくるのを逆手にとって、踏み込んできたやつらを討ち取ったら」

源九郎は、長屋を襲う一味のなかで、腕のたつのが久保と望月だけなら、返り討ちにできると踏んだ。

味方で刀を遣える者は、源九郎、菅井、安田の三人がいる。しかも、闘いの場が、三人とも勝手を知っている長屋である。

源九郎がおれたちの方が有利だと言うと、

「いいだろう」

菅井も、承知した。

すぐに、源九郎と菅井は手を打った。まず、ふたりで長屋をまわり、安田、孫六、茂次、平太、三太郎の五人を集めた。

源九郎の家に、七人の男が集まると、

「近いうちに、久保たちが長屋に踏み込んでくるかもしれん」

そう源九郎が切り出し、長屋に残って、久保たちを返り討ちにしたらどうか、と提案した。

「おもしろいが、久保たちは、長屋におれたちがいないことを確かめてから、踏み込んでくるのではないか。……それに、長屋に七人が残ったままでは甚兵衛のことを探ることもできないぞ」

安田が言った。

「安田の言うとおりだ。……久保たちが襲ってくるまで、長屋にとどまっていることはできんな」

源九郎も、七人全員が長屋に残り、何日も過ごすのはどうかと思った。それに、久保たちが、長屋に踏み込んでくるとは言い切れなかったのだ。

「何か、いい手はねえかな」

孫六が、首をひねりながら言った。

「華町は残らなくても、おれと安田、それに茂次、三太郎、平太の三人がいれば、何とかなる。華町と孫六は、甚兵衛のことを探ってくれ」

菅井が、強い口調で言った。

「長屋は菅井たちに、まかせるか」

源九郎は、菅井と安田が残れば、久保たちが踏み込んできてもおあきと岡造を守れるだろうと思った。

菅井はすぐに手を打った。

菅井は源九郎の家を出て、安田の家で寝泊まりすることにした。久保たちが踏み込んできたら、すぐに対応できるからである。

また、平太と三太郎に、見張りにたつことを頼んだ。長屋に通じる道の物陰に身を隠し、久保たちの姿を目にしたら、長屋にいる菅井たちに知らせるのである。

さらに、菅井は源九郎とふたりでお熊の家に行き、久保たちが姿を見せたら、おあきと岡造を匿《かくま》ってくれ、と頼んだ。

「お熊、久保たちが踏み込んできたら、家から出ないようにすればいいのだ。久保たちは、お熊の家にいるとは思わないからな」

源九郎が言うと、

「それだけなら、あたしにもできるよ」

と言って、すぐに承知してくれた。

一方、菅井と安田は、おあきと岡造をお熊に頼んでから、菅井の家に移り、久保たちを迎え撃つことにした。また、茂次は長屋にいる男たちを集めて、遠くから久保たちに石を投げたり、騒いだりする手筈《てはず》をとった。長屋の男たちも大勢なら、大きな戦力になるはずである。

手筈が決まると、菅井が、

「おもしろいな」

と言って、にやりと笑った。

その日、久保たちは姿を見せなかった。張り切っていた菅井たちは、肩透かしを食ったような気さえした。

翌日、源九郎は孫六を連れて浅草にむかった。甚兵衛が賭場をひらいていたという田原町へ行き、聞き込んでみようと思ったのである。

長屋に残った菅井は、あらためておあきと岡造のいる家へ行き、

「昨日はこなかったが、久保たちは、いつ押し入ってくるか分からん。……いいか、おれが知らせにきたら、すぐに、お熊の家に身を隠してくれよ」

と、ふたりに念を押した。

おあきと岡造は、不安そうな顔をしたが、

「長屋のみんなに、迷惑をかけて申し訳ねえ」

と、岡造が涙声で言った。

「なに、長屋の者たちは、ふたりを長屋の住人とみていてな。助けるのが、あたり前と思っているのだ」

菅井が言うと、おあきが、

「この長屋のひとは、いいひとばっかり……」

そう言って、涙ぐんだ。

六

菅井たちが、長屋に残るようになって三日経った。

長屋は、何事も起こらなかった。菅井や安田たちは長屋にとどまったが、何もしないで一日過ごすのが退屈になってきた。

その日は、曇天だった。菅井は安田に、

「安田、将棋でもやらんか」

と、誘った。

安田は将棋好きではなかったが、指すことはできた。

「将棋か」

安田は気乗りのしない声で言った。

「どうだ、おれが負けたら、亀楽で一杯馳走《ちそう》するぞ」

菅井は安田に勝てると思っていたので、そう言ったのである。

「おれが、負けたら」

「何もいらん」

「それなら、やってもいい」

「すぐに、将棋を持ってくる」

菅井は勇んで自分の家にもどり、将棋盤と駒を持ってきた。

「さァ、やるぞ」

そう声を上げ、菅井が駒を並べ始めたときだった。

戸口に走り寄る慌ただしそうな足音がし、いきなり腰高障子があいた。顔を出したのは、平太だった。

「来やす！　久保たちが」

平太が叫んだ。

「何人だ！」

菅井が、駒を手にしたまま訊いた。

「五人です」

平太が、武士がふたりいることを言い添えた。

「よし、手筈どおりだ」

　菅井と安田が、立ち上がった。

　すぐに、菅井たちは、おあきと岡造のいる菅井の家に行き、菅井がふたりを連れてお熊の家にむかった。

　家にいたのは、お熊ひとりだった。亭主の助造は、朝から働きに出ている。

「お熊、ふたりを頼むぞ」

　菅井が言った。

「分かったよ。菅井の旦那も、気をつけておくれ」

　お熊も興奮しているらしく、声が昂っていた。

　菅井が戸口から飛び出そうとすると、おあきが、

「菅井の旦那、無理をしないで」

　と、訴えるような目をして言った。

「おれのことは、心配するな。いいか、ここから出るなよ」

　そう言い残し、菅井は自分の家に駆けもどった。安田とふたりで、久保たちを

迎え撃つのである。

菅井は自分の家に安田しかいないのを見て、

「平太はどうした」

と、訊いた。

「茂次とふたりで、長屋をまわっているはずだ」

「手筈どおりだな」

茂次は、久保たちが踏み込んできたら長屋をまわり、家にいる男たちを集めて、久保たちの背後から礫《つぶて》を投げることになっていた。平太も、茂次といっしょに長屋をまわっているようだ。

菅井と安田が土間で待つと、路地木戸の方で女の悲鳴や子供の叫び声が聞こえた。久保たちが、踏み込んできたらしい。

数人の足音が、聞こえた。菅井たちのいる家にむかってくる。

「くるぞ！」

菅井が大刀を腰に差しながら言った。

何人もの足音が、腰高障子のむこうに近付いてきた。長屋中が、妙に静まり返っていた。近くの家々から聞こえていた女房や子供の声がやんでいる。

足音は腰高障子のむこうでとまった。声は聞こえなかったが、腰高障子のむこうに、何人もいる気配がする。

「外へ出るぞ」

菅井が小声で言って、腰高障子をあけはなった。

菅井と安田は、家の外で久保たちを迎え撃つことにしていた。狭い家のなかでは、敵と相対して間合をとることもできず、居合を遣うのがむずかしかった。それに、狭い場所で入り乱れて闘うと、思わぬ不覚をとることがあるのだ。

菅井と安田は、戸口から飛び出した。

「菅井と安田だ！」

戸口にいた遊び人ふうの男が、叫んだ。

菅井と安田は、刀がふるえるだけの間をとって戸口に立った。

敵は五人だった。久保、望月、又次郎、それに遊び人ふうの男がふたりである。

「菅井！　そっ首、斬り落としてくれる」

久保が、菅井を見据えて言った。

「できるかな」

菅井は、ゆっくりとした動きで久保の前に歩を寄せた。背後に身を引く間をとるために、戸口からすこし離れたのである。

するると、望月が安田の前にまわり込んで相対し、

「又次郎、家にいる岡造と女を始末しろ」

と、脇にいる又次郎に声をかけた。

又次郎は、安田の脇から戸口に近寄った。そして、安田がまだ刀を抜いてないのを見ると、腰高障子を大きくあけ放った。

安田は又次郎にかまわず、抜刀すると、青眼に構えて切っ先を望月にむけた。

安田は初めから、久保か望月と立ち合うつもりでいたのだ。

「おぬしは、おれが斬る」

望月はそう言って、抜刀した。

望月は相青眼に構え、剣尖《けんせん》を安田の目線につけた。腰の据わった隙のない構えである。

そのとき、戸口から土間に踏み込んだ又次郎が、外に飛び出し、

「家には、だれもいねえ！」

と、叫んだ。

七

「なに、だれもいないだと！」

菅井と対峙《たいじ》していた久保が叫んだ。

「へい、岡造もおあきも、ここにはいねえ」

そう言った後、又次郎は戸口から外に飛び出した。戸惑うような顔をしている。

「菅井、岡造たちを隠したな」

久保が菅井を見すえて言った。

「知らんな」

菅井は久保と対峙したまま、左手で刀の鍔元《つばもと》を握って鯉口《こいぐち》を切った。そして、右手を刀の柄《つか》に添えた。居合の抜刀体勢をとったのである。

「岡造と娘は、この長屋にいるはずだ。ここにいるふたりを始末してから、長屋を探せばいい」

言いざま、久保が抜刀した。

これを見た望月も、刀を抜いた。

「やるしかないようだ」

すかさず、安田も刀を抜いて菅井からすこし離れた。刀を存分にふるえるだけの間合をとったのである。

安田と望月は、相青眼に構え合った。

……遣い手だ！

安田は望月を遣い手とみた。

望月の青眼の構えは隙がなく、腰が据わっていた。安田の目線につけられた剣尖には、そのまま眼前に迫ってくるような威圧感がある。

だが、安田はすこしも臆さなかった。それどころか、相手が遣い手であればあるほど、闘気が高まるのである。

安田は青眼に構えた切っ先をピクピクと上下させた。切っ先だけではない。体も前後に動いている。切っ先を動かすことによって、敵に斬撃の起こりを感知させない利があった。また、体を動かすことによって、一瞬の斬撃を迅《はや》くすることができる。安田が真剣勝負のなかから身につけた喧嘩殺法といってもいい。

望月の顔に、戸惑うような表情が浮いた。安田の独特な構えに、どう立ち向かっていいか、迷ったらしい。

「いくぞ！」

安田が先《せん》をとった。

安田は独特な構えをとったまま、すこしずつ間合をつめ始めた。

イヤアッ！

突如、望月が裂帛《れっぱく》の気合を発した。気合で安田を動揺させるとともに、己の迷いを払拭《ふっしょく》しようとしたのだ。

だが、安田はすこしも動じなかった。剣と体を小刻みに動かしながら、望月との間合をつめていく。

安田は、一足一刀の斬撃の間境まであと一歩の間合に踏み込むや否や仕掛けた。

タアッ！

安田は鋭い気合を発し、一歩踏み込みざま、つッ、と切っ先を突き出した。安田が真剣勝負のおりに、よく見せる誘いである。

この誘いに、望月が乗った。

イヤアッ！

ふたたび、裂帛の気合を発し、望月が斬り込んだ。

青眼から袈裟へ――。鋭い斬撃である。

間髪をいれず、安田は右手に跳びながら刀身を横に払った。

二筋の閃光《せんこう》が、袈裟と横一文字にはしった。一瞬の攻防である。

望月の切っ先が、安田の肩先をかすめて空を切り、安田のそれは、望月の左袖を切り裂いた。

次の瞬間、ふたりは大きく後ろに跳んで間合をとった。

望月の切り裂かれた袖の間から、あらわになった二の腕が見えた。腕に血の色があったが、かすり傷らしい。

「浅かったか」

安田はつぶやき、ふたたび青眼に構えて切っ先を望月にむけた。


このとき、菅井は久保と対峙していた。

ふたりの間合は、およそ二間半――。まだ、一足一刀の斬撃の間境の外である。菅井は右手を刀の柄に添え、腰を沈めていた。居合腰である。

対する久保は、下段にとった。すこし高い下段で、切っ先が菅井の膝頭辺りにつけられている。

すでに、菅井は久保と立ち合っていた。そのときも、久保は同じ下段の構えにとったので、菅井に驚きはなかった。

久保も菅井が居合を遣うことを知っていたので、顔は平静だった。

菅井が先《せん》をとって動いた。足裏を摺《す》るよう動かし、ジリジリと間合をつめ始めた。すると、久保も動いた。下段に構えたまますこしずつ間合を狭めてくる。

このとき、菅井は右手から迫ってくるひとの気配を感知した。

又次郎だった。右手で握った匕首《あいくち》を顎《あご》の下に構え、すこし背を丸くしている。獲物に迫る牙を剝《む》いた狼のようである。

……まずい！

と、菅井は思った。

居合の構えをとって正面の敵と対峙したとき、左右と背後から迫ってくる敵に対応するのは、むずかしい。なかでも、右手と背後からの敵に斬り付けられると、視界から外れていることもあって受けづらかった。

菅井は、すぐに動いた。又次郎が踏み込んでくる前に、久保を仕留めようと思ったのだ。

菅井は摺り足で久保との間合を狭め、居合の斬撃の間合に迫るや否や仕掛けた。

菅井の全身に斬撃の気がはしった次の瞬間、シャッ、という抜刀の音がし、稲妻のような閃光が、逆袈裟にはしった。

一瞬、久保は身を引きざま、高い下段から刀身を横に払った。

菅井の切っ先が久保の肩先をかすめ、久保の切っ先は空を切って流れた。次の瞬間、ふたりは背後に身を引いて、斬撃の間境の外へ逃れた。

菅井は、脇構えにとった。抜刀したので居合は遣えない。脇構えから、居合の呼吸で斬り込むのである。

久保はふたたび高い下段にとった。

「居合が抜いたな」

久保の口許に薄笑いが浮いた。抜刀すれば、居合が遣えないことを知っていたのだ。

菅井は窮地にたった。久保が正面に立ち、右手から又次郎が迫ってくる。

八

「菅井の旦那！」

茂次の声が聞こえた。

菅井が声のした方に目をやると、茂次と長屋の男たちがこちらに近付いてくる。男たちは十数人いた。平太の姿もあった。

久保は背後を振り返り、

「長屋の男たちか」

と、顔をしかめて言ったが、菅井にむけた刀を下ろそうとはしなかった。又次郎も匕首を構えたまま動かない。

ふたりは、何としてもこの場で菅井を仕留める気らしい。

一方、安田と対峙していた望月も、青眼に構えた刀を下ろさなかった。久保や望月たちは、武器も持たない長屋の住人が何人集まっても手出しできないとみたようだ。

「いくぞ!」

久保が高い下段にとったまま、菅井との間合をつめ始めた。

菅井は後じさったが、すぐに足がとまった。戸口まで間がなく、それ以上下がると、久保の斬撃をかわすために身が引けなくなる。

久保だけではなかった。匕首を手にした又次郎が、菅井の右手からジリジリと迫ってきた。

　そのときだった。

「石を投げろ！」

　と、茂次が叫び、手にした石を久保にむかって投げた。

　一握りほどの石が、久保の袴《はかま》を掠《かす》めて地面に転がった。つづいて、礫の飛来する音がし、久保の足元や袖をかすめた。

「やれ！」「石をぶっつけろ！」「あいつらを長屋から追い出せ！」などという男の叫び声が聞こえ、次々に礫が飛来した。

　久保は驚いたように身を引き、背後を振り返った。長屋の男たちが、足元の石を拾い、久保たちにむかって投げている。

「やろう！」

　又次郎が匕首を手にして、男たちにむかって突進した。

　ワアッ、と声を上げ、男たちは逃げ散ったが、又次郎の足がとまると、逃げた場所から又次郎にむかって礫が集中した。

「助けて！」

　又次郎は、両手で頭を抱えて逃げ帰った。

ふたたび、長屋の男たちが久保たちの背後に集まり、礫を投げ始めた。礫は久保と望月の背や袴にも当たった。背後から飛来する礫は、かわしようがないのだ。

「菅井、勝負はあずけた」

言いざま、久保は後じさり、「引くぞ！」と望月たちに声をかけた。

久保、望月、又次郎の三人は、手に武器を持ったまま背後に集まっている茂次たちにむかって走った。他のふたりの男も、久保たちにつづいた。

「逃げろ！」

茂次が叫んだ。

すると、長屋の男たちは、蜘蛛《くも》の子を散らすようにその場から逃げ散った。

久保たちは逃げる長屋の男たちにはかまわず、路地木戸の方へむかった。そのまま長屋から逃走するつもりらしい。

「長屋の者たちのお蔭で助かった」

そうつぶやいて、菅井が手にした刀を鞘《さや》に納めた。

そばにいた安田が、菅井のそばに来て、

「無事か」

と、訊いた。安田はまだ抜き身を手にしたままである。

「無事だ。安田は」

菅井は安田に目をやった。どこにも、血の色はなかった。

「茂次たちのお蔭だな」

「長屋の男たちがいなかったら、久保たちに斬られていたかもしれない」

そう言って、菅井は茂次や長屋の男たちのいる方へ足をむけた。

男たちのなかに、平太の姿もあった。いっしょになって、礫を投げたらしい。

菅井は男たちのそばまで来て足をとめ、

「みんなのお蔭で、助かった」

と、声をかけた。

「命拾いしたよ」

つづいて、安田が言った。

菅井は男たちに礼を言った後、すぐにその場を離れた。おあきと岡造のことが気になっていたのである。

菅井は、小走りにお熊の家の前まで来た。戸口の腰高障子はしまったままで、ひっそりとしていた。

菅井は腰高障子をあけて、土間に入った。

座敷のなかほどに、お熊がひとり座っていた。おあきと岡造の姿がない。

「菅井の旦那！」

お熊が、菅井の顔を見るなり声を上げた。

「おあきと岡造は、どうした」

菅井が訊いた。

「おあきさん、岡造さん、菅井の旦那だよ」

そう言って、お熊は座敷を振り返った。

すると、座敷の隅に置かれていた枕屏風《まくらびょうぶ》の陰から、おあきと岡造が顔を出した。ふたりは、そこに隠れていたらしい。

「菅井の旦那ァ！」

おあきが、声をつまらせて言った。顔がこわばっている。

「押し込んできたやつらは、追い払ったぞ」

菅井がそう言うと、おあきと岡造は枕屏風の陰から出てきて、上がり框のそばに腰を下ろした。

「旦那やお熊さんたちのお蔭で、助かった」

おあきが、涙声で言った。
岡造も、ほっとした顔をして、菅井とお熊に頭を下げた。

第四章　屋形船

一

五ツ（午前八時）ごろだった。源九郎と孫六は、はぐれ長屋を出ると、竪川沿いの通りへ足をむけた。

これから、柳橋に行くつもりだった。ここ二日、浅草に出かけて甚兵衛のことを探ったが、情婦《いろ》が浅草田原町に住んでいることが分かっただけで、賭場《とば》のことも久保や望月のことも知れなかった。それで、あらためて矛先を柳橋にある富沢屋にむけて、探ってみることにしたのだ。

「菅井の旦那たちは、うまく久保たちを追い返しやしたね」

孫六が歩きながら言った。

昨日、源九郎たちは浅草からはぐれ長屋に帰り、菅井から久保が長屋に押し入ったときの様子を聞いたのだ。

「みんな無事で、よかったよ」

源九郎が言った。

「久保たちも懲《こ》りて、浜富を諦《あきら》めるかもしれねえ」

「いや、諦めないな。久保たちが手を引くのは、甚兵衛が諦めたときだ」

甚兵衛は、まだ浜富を諦めないだろう、と源九郎は思った。

源九郎と孫六は、そんなやり取りをしながら竪川沿いの道を歩いているうち、浜富の前まで来ていた。

「孫六、見ろ」

源九郎が、浜富の隣の料理屋を指差して言った。

「店を壊してるようですぜ」

大工や人足と思われる男たちが、店を解体していた。

「浜富には、手をつけてないようだ」

源九郎は、ほっとした。大工や人足たちが、浜富に手を出している様子はなかった。

「旦那、大工に訊《き》いてみやすか」

「そうだな」

源九郎と孫六は、料理屋の店先で大工たちに指図している棟梁らしい年配の男に近付いた。

「つかぬことを訊くが、この店を壊しているのか」

源九郎が年配の男に訊いた。

男は振り返り、源九郎と孫六を目にすると、訝《いぶか》しそうな顔をしたが、

「そうでさァ」

と、おだやかな声で言った。

「だれの依頼かな」

「旦那は、この店に何かかかわりが、おありですかい」

年配の男が訊いた。

「わしは、この店がひらいていたとき、贔屓《ひいき》にしていた者だがな。……店を閉じてひさしいが、前のあるじが、店を建て替えるのかと思ってな」

源九郎が、前のあるじのことを持ち出した。むろん、前のあるじの名も知らない。

「あっしは、前のあるじがだれか、知りませんがね。柳橋の富沢屋のあるじに頼まれたんでさァ」

「富沢屋の甚兵衛か」

源九郎は、甚兵衛の名を出した。

「よくご存じで」

年配の男は、驚いたような顔をした。

「壊すのは、この店だけか」

「そうで……」

年配の男は、怪訝《けげん》な顔をして源九郎を見た。

「いや、隣の居酒屋も壊すのかと思ってな」

源九郎は、浜富に目をやった。浜富に、大工や人足が手を出した様子はなかった。表の板戸はしまったままである。

「隣の店のことは、何も聞いてやせんが」

「そうか」

甚兵衛は、先に隣の料理屋に手をつけ、様子をみて浜富にも手を出すつもりではないか、と源九郎はみた。

源九郎は、手間をとらせたな、と年配の男に声をかけ、孫六とふたりで、その場を離れた。

「甚兵衛は、料理屋の次に浜富にも手を出しやすぜ」

孫六が顔をしかめて言った。

「わしも、そうみた」

早く何とかしないと、浜富も甚兵衛の手で壊されるのではあるまいか。

源九郎と孫六は、賑やかな両国広小路へ出て神田川にかかる柳橋を渡った。そして、大川端の道を川上にむかってしばらく歩くと、通りの前方に屋形船の舫《もや》ってある桟橋と、その先にある富沢屋が見えてきた。

「旦那、どうしやす」

孫六が歩調を緩めて訊いた。

「あの屋形船が、気になるのだ」

源九郎は、料理屋に屋形船は不要だという思いがあった。それで、甚兵衛のことを探る前に、屋形船のことで聞き込んでみる気になったのだ。

「富沢屋に出入りしている船頭に訊けば、屋形船のこともはっきりしやすぜ」

「そうだな」

源九郎と孫六は桟橋の手前まで来ると、大川の岸際に立って桟橋に目をやった。桟橋に舫ってある猪牙舟《ちょきぶね》に船頭がひとりいた。船底に茣蓙《ござ》を敷いている。客を乗せる支度をしているらしい。

「旦那、屋形船にもいやすぜ」

孫六が、屋形船を指差して言った。

見ると、屋形船のなかに船頭らしい男がふたりいた。何か準備をしているらしいが、たててある障子が邪魔になってよく見えない。

「桟橋に行って、船頭に訊いてみやすか」

孫六が言った。

「それは、まずい。富沢屋の者の目にとまるからな。それに、船頭も警戒して、口をひらかないだろう」

「どうしやす」

「船頭が、桟橋から上がってくるのを待とう」

源九郎と孫六は、岸際に植えられた柳の陰に身を隠して、船頭が桟橋から上がってくるのを待った。

二

源九郎と孫六が、柳の陰に立って小半刻（三十分）ほど待ったろうか。猪牙舟のなかにいた船頭が、桟橋に下りた。

「船頭が通りに来やすぜ」

孫六が指差した。

船頭は桟橋を歩いて、通りへ出る石段に近付いてきた。富沢屋へもどるのではあるまいか。

「あの船頭に、訊いてみよう」

源九郎が言った。

「どこか富沢屋から離れたところに連れ出さねえと、店の者に気付かれやすぜ」

「川岸の柳の陰にでも、連れていこう」

源九郎と孫六は、足早に船頭に近付いた。

船頭は源九郎たちの姿を見て足をとめた。五十がらみであろうか。陽に焼けて浅黒い肌をした小柄な男だった。丸顔で、笑っているような細い目をしている。人のよさそうな顔である。

「ちょいと、すまねえ」

孫六が声をかけた。

「あっしですかい」

小柄な船頭は足をとめ、孫六と源九郎に目をやった。

「おめえが、そこの桟橋から上がってくるのを見掛けてな。屋形船のことで、ちょいと訊きてえことがあるんだ」

孫六がそう言ったとき、脇にいた源九郎が、船頭に身を寄せ、

「おれは、さる大身《たいしん》の旗本にお仕えしている者だ」

と、声をひそめて言った。

「へえ……」

船頭は、首を竦《すく》めるようにして源九郎に頭を下げた。

「殿は、柳橋の料理屋で屋形船に乗ると、他では味わえない楽しいことがあると耳にされてな。屋形船のことを訊いてこい、と仰《おお》せられたのだ」

そう言った後、源九郎は船頭にさらに身を寄せ、

「お仕えしている殿の手前、おれがここに来たことは、他人に知られたくないのだ。そこまで、来てくれんか」

と声をひそめて言い、その場から離れた柳の陰まで船頭を連れていった。

「ここなら、通りかかった者にも、富沢屋の者にも気付かれんな」

源九郎が言った。

「旦那、何を訊きてえんです」

船頭の顔に、不審そうな色が浮いた。いきなり、桟橋から離れた樹陰まで連れてこられたからだろう。

「いや、たいしたことではないのだ。……殿はな、すこし料理屋での飲み食いに飽きておられてな。それで、屋形船のことが、気になっているらしい」

「そうですかい」

船頭の顔から、不審そうな色が消えた。たいした話ではない、と思ったようだ。

「あの船に客を乗せて、大川へ出るのだな」

源九郎が、声をあらためて訊いた。

「そうでさァ」

「綺麗所《きれいどころ》も、いっしょに乗り込むと聞いたが」

「客に綺麗所がついて、楽しませてくれるようですぜ」

船頭の口許に、薄笑いが浮いた。何か卑猥《ひわい》なことでも、思い浮かべたのだろう。

「店の座敷より、船のなかの方が、風情があるということかな」

「そうかもしれねえ」

船頭の薄笑いは、消えなかった。

「綺麗所が乗って、楽しませてくれるだけか」

源九郎は、それだけなら、隠すようなことはないし、甚兵衛が浅草から引き上げ、柳橋の富沢屋へ鞍替《くらが》えした理由にはならないような気がした。

「あっしは、屋形船に乗ったことがねえんで、くわしいことは知らねえんで」

「船頭仲間から聞いてないのか」

「船頭たちは、口止めされてるようでさァ」

船頭の顔から薄笑いが消えた。

「まァ、いろいろ男を楽しませる趣向があるのだろう。……ところで、屋形船は、どの辺りまで行くのだ」

さらに、源九郎が訊いた。

「佃島《つくだじま》の辺りまででさァ」

船頭によると、屋形船を佃島の近くの流れの穏やかな場所に停泊させ、客たちは船内で楽しんでいるという。

「佃島の近くな」

大川を佃島の近くまで下ると、江戸湊《えどみなと》が近くなるせいか、流れが穏やかになる。その辺りの杭に舫い綱をかけておけば、船を停泊させておけるのだ。

「屋形船には、色々な楽しみがあるようだ。殿には、一度乗ってみるよう、お勧めしておこう」

そう言って、源九郎は船頭を帰した。

孫六が、足早に富沢屋の方へもどっていく船頭の背を見ながら、

「どうしやす」

と、源九郎に訊いた。

「屋形船のなかで何をしてるか、気になるな」

源九郎が言った。

「楽しみは、酒と女だけじゃァねえようだ」

「船のなかで何かあるとすれば、船をとめているときだな」

「酒と女の他に、男の楽しみがあるとすると……。旦那、博奕《ばくち》かもしれねえ」

孫六が、目をひからせて言った。

「わしも、博奕のような気がする。船頭に口止めしているのも、船のなかの博奕が洩《も》れないためではないかな」

「旦那、船が佃島近くにとまっているときに、近付いてみやすか」

孫六が、身を乗り出すようにして言った。

「そんなことが、できるのか」

「百造《ももぞう》に舟を頼みやしょう」

百造は、はぐれ長屋の住人だった。長年船頭をしていた男である。いまは、歳をとって、倅夫婦の世話になっているが、舟の扱いは巧みである。源九郎たちは舟が必要なとき、百造に頼むことがあったのだ。

三

翌日の夕方、辺りが薄暗くなってから、源九郎、孫六、安田の三人は、はぐれ長屋を出て竪川にむかった。これから、舟で大川を下り、佃島近くに停泊しているであろう屋形船を探るのである。

安田がくわわったのは、おれも連れていってくれ、と言い出したからだ。安田は、このところ長屋にいることが多く退屈していたらしい。

「百造が、舟を出してくれるのか」

安田が歩きながら訊いた。

「そうだ。竪川の桟橋で待っているはずだ」

源九郎は昨夜のうちに百造と会い、舟を一艘《そう》出してくれと頼んだのだ。

源九郎たちが、竪川にかかる桟橋近くまで行くと、猪牙舟の艫《とも》に立っている百造の姿が見えた。

舟の船底には、茣蓙が敷かれてあった。百造が、近くの船宿で借りてきた舟である。源九郎は、昨夜百造に会ったとき、舟の借り賃を百造に渡してあった。

源九郎たちが桟橋に下りると、

「乗ってくだせえ」

と、百造が声をかけた。

淡い夕闇のなかに、陽に焼けた百造の顔が浅黒く見えた。百造は老齢で、鬢《びん》や髷《まげ》は白髪が目立ったが、足腰はしっかりしていた。長年船頭で鍛えた体は、まだ衰えていなかったのだ。

源九郎たち三人が舟に乗ると、

「舟を出しやすぜ」

百造は声をかけ、巧みに棹《さお》を使って船縁《ふなべり》を桟橋から離した。そして、水押《みよし》を大川の方へむけて進みだした。

舟は大川に出ると、下流に水押をむけた。これから、大川を下って佃島近くへ行くのだ。百造は艫に立ったまま棹を使わず、舟を大川の流れにまかせている。

辺りは夕闇につつまれ、黒ずんだ大川の川面が永代橋の先までつづき、彼方の深い闇のなかに吸い込まれるように消えている。日中は、客を乗せた猪牙舟や荷を積んだ茶船などが行き交っているのだが、いまは船影もなく、大川の流れの音だけが、轟々《ごうごう》と聞こえていた。

それでも、ときおり屋形船が通りかかり、きらびやかな提灯《ちようちん》の灯《ひ》を川面に落としながら、大川を下っていく。

源九郎たちの乗る舟は、永代橋の下をくぐった。前方右手に、霊岸島やその先の八丁堀などの町家や武家屋敷から洩れる灯が、夜陰のなかにまたたいて見えた。

舟が霊岸島の脇を通り過ぎると、前方に佃島が見えてきた。夜陰のなかに、人家の灯がかすかにまたたいている。

その辺りは、大川の河口だった。流れはゆるやかになり、流れの音はほとんど聞こえなくなった。聞こえるのは、波が猪牙舟を打つ音だけである。

「旦那、屋形船が見えやすぜ」

艫に立っている百造が、前方を指差して言った。

見ると、佃島の左手にひろがる深川の陸地寄りに、屋形船がとめてあった。近くの杭に舫い綱をかけてあるようだ。

屋形船を飾った提灯のきらびやかな灯が、川面に落ちて揺れていた。船から、嬌声《きようせい》や客の哄笑《こうしよう》などが聞こえてくる。

「舟を近付けやす」

百造は棹を使い、水音をたてないように、ゆっくりと舟を屋形船に近付けた。

すでに、辺りは夜陰につつまれていたが、星空だったので、源九郎たちの乗る舟は、屋形船から見えるかもしれない。ただ、舟に乗っている人影は見えても、だれが乗っているかは識別できないだろう。

一方、源九郎たちからは、屋形船の水押近くに乗っている男の姿が見てとれた。屋形船が、提灯の灯につつまれていたからである。

「武士がいる」

源九郎は、水押近くにいる武士の姿を目にとめた。

「久保だ！」

安田が、船縁から身を乗り出すようにして言った。顔ははっきりしないが、その体軀《たいく》からそうみたらしい。

「久保だな」

源九郎にも、久保と分かった。

久保は屋形船の水押近くに立って、周囲に目をくばっているようだ。

「久保の脇に、又次郎もいるようですぜ」

孫六が言った。

船上に置かれた荷に腰を下ろしているらしく、上半身しか見えなかったが、又次郎だと分かった。

源九郎たちの乗る舟は、屋形船の灯に照らされないように、すこし離れた場所をゆっくりと下っていく。

舟が屋形船に近付くにしたがって、船内から聞こえてくる男や女の声が、すこしずつはっきりしてきた。

ふいに、女の嬌声や男の哄笑などがとぎれ、「さァ、半か丁か、張ってくだせえ」という男の声が聞こえた。

「博奕だ！」

源九郎が声を殺して言った。

まちがいない。屋形船のなかで、博奕がおこなわれているのだ。おそらく、酒色に飽きた金持ちたちが、博奕に興じているのだろう。

「うまいこと、考えやがったな。ここは、金持ちだけを集めた賭場ですぜ」

孫六が昂《たかぶ》った声で言った。

「賭場だけではないぞ。この船は、料理屋であり、遊女屋でもあるのだ」

「酒と女と博奕が、楽しめる船か」

安田が言った。

源九郎たちの乗る舟は、屋形船の脇を通り過ぎ、江戸湊まで進んだ。海上は風があり、源九郎たちの舟は、波に揺れた。

「舟を大川にむけやす」

百造は、巧みに棹を使って水押を大川の上流にむけた。

「舟を屋形船に近付けやしょうか」

百造が訊いた。

「いや、屋形船に乗っている者に、気付かれないように離れて通ってくれ」

源九郎が、声高に言った。屋形船のなかで、何が行われているかつかんだのである。今夜は、これで十分だった。

四

源九郎たちが屋形船を探った翌朝、源九郎の家に七人の男が集まった。はぐれ長屋の用心棒と呼ばれる男たちである。

「今日は、酒を用意したぞ」

源九郎が座敷の隅を指差した。

酒の入った貧乏徳利が三つ、それに盆の上に湯飲みが七人分載っていた。源九郎が、仲間を呼ぶ前に孫六に頼み、茂次、三太郎、平太にも話し、それぞれの家にあった酒と湯飲みを持ち寄ったのである。

源九郎は、久し振りで仲間たちと酒を飲みながら、これまでつかんだことを話そうと思ったのだ。

「今日は、ゆっくり酒が飲めるぞ」

孫六が目尻《めじり》を下げて言った。

源九郎たち七人は車座に腰を下ろし、貧乏徳利の酒を注《つ》ぎ合って飲んだ。いっとき、酒を飲んだ後、源九郎が、

「昨夜、やっと、甚兵衛が柳橋の富沢屋で何をしているか、分かった」

そう切り出し、客を乗せて大川へ出た屋形船のなかで、ひそかに賭場がひらかれていたことを話した。

「屋形船が、賭場になっていたのか」

菅井が驚いたような顔をした。

「それで、浅草の賭場をとじたのだな」

と、茂次。

「そうみていい」

源九郎は、甚兵衛が浅草にあった賭場をとじて、富沢屋を手に入れたのは、屋形船のなかで賭場をひらく魂胆があったからだろうとみた。

「これから、どうする」

菅井が訊いた。

「これから先は、栄造に話して町方にまかせる手もある」

源九郎が言った。

「そうしやすか」

孫六が湯飲みを手にしたまま言った。すでに、何杯も飲んだらしく、皺《しわ》の多い顔が赤くなっている。

「だが、気になることがある」

源九郎がそう言うと、六人の男たちの視線が源九郎に集まった。

「浜富だ。……なぜ、これほど執拗《しつよう》に、甚兵衛は浜富を手に入れようとしているのか分からぬ。岡造とおあきは、浜富に帰ることもできないのだぞ」

「言われてみれば、そうだな。浜富を壊して新たに料理屋を建てるにしても、賭場にするとは思えんし、何も浜富にこだわる必要はないはずだ」

そう言って、菅井が納得できないような顔をした。

安田や茂次たちも分からないらしく、首をひねっている。

「それにな、町方が屋形船に捕方をむけたとしても、甚兵衛は船に乗っていないのだ。……船の客が手慰みにやったことで、てまえはまったく知らないことだと、甚兵衛が言い張ったらどうなる」

さらに、源九郎が言った。

「船頭や壷振りをつかまえて、話を訊けば、甚兵衛の指図でやったことが分かるではないか」

安田が口を挟んだ。

「それは、どうかな。甚兵衛ほどの男なら、屋形船に町方の手が入ったときのことも考えていると思うぞ。……壺振りなども甚兵衛とはかかわりの薄い、船頭くずれの遊び人にでもやらせ、火の粉が自分に降りかからないように手を打っているはずだ」

「そうかもしれん」

安田が顔を厳しくしてうなずいた。

次に口をひらく者がなく、座敷が重苦しい沈黙につつまれたとき、

「おあきと岡造は、どうなるのだ。まだ、浜富に帰せないのか」

菅井が、声高に訊いた。

「まだ、帰せないな。いま帰せば、すぐに久保たちに襲われるぞ」

源九郎は、久保や又次郎を始末するまで、おあきと岡造は浜富に帰せないとみていた。

「菅井の旦那、これからも、ふたりの面倒をみてやってくだせえ」

孫六が、口許に薄笑いを浮かべて言った。

「お、おれは、長屋から出て、甚兵衛たちのことを探りたいのだ。……華町と安田が長屋にいないから、仕方なく長屋に残っているのだぞ」

菅井が、声をつまらせて言った。顔が赭黒《あかぐろ》く染まっているが、酒のせいではなさそうである。

「菅井が、長屋にいてくれるのでな。わしらは、外に出ていろいろ探れるわけだ。菅井のお蔭だよ」

源九郎が菅井に助け船を出した。

「だれか、長屋に残らねばならんからな」

そう言って、菅井が胸を張った。

「いずれにしろ、なぜ甚兵衛は浜富にこだわるのか。そのことを明らかにせねば、始末はつかないな」

源九郎が言うと、

「浜富を襲った甚兵衛の手先をつかまえて、口を割らせたらどうだ。久保と望月は捕らえるのがむずかしいが、又次郎や遊び人なら何とかなるぞ」

安田が、浜富か富沢屋を見張れば、手先が姿を見せるのではないか、と言い添えた。

「そうするか」

源九郎も、甚兵衛たちに手を出す前に、手先のひとりをつかまえて、話を聞いてみようと思った。

「だれが行く」

安田が男たちに目をやった。

「わしは、行くつもりだ。これまで、富沢屋を探ってきたからな」

源九郎が言うと、

「あっしも、行きやすぜ」

と、孫六がつづいた。

「おれも行く」

安田が言った。

平太も、連絡役として行くことになり、長屋には菅井、茂次、三太郎が残ることになった。

「ともかく、明日からだ。今日は、ゆっくりやろう」

そう言って、源九郎が貧乏徳利を手にした。

五

陽がだいぶ高くなってから、源九郎たち四人ははぐれ長屋を出た。昨夜、遅くまで飲んだので、寝坊してしまったのだ。

源九郎たちは竪川沿いの通りに出て、浜富の様子を見てから柳橋にむかうことにした。元町に入っていっとき歩くと、浜富が見えてきた。隣の料理屋の解体は進んでいたが、浜富に手を出した様子はなかった。

源九郎たちは柳橋を渡ると、大川沿いの道を川上にむかって歩き、富沢屋の桟橋の近くまで行って路傍に足をとめた。

「見ろ、屋形船がある」

源九郎が、桟橋を指差して言った。

桟橋には、屋形船と猪牙舟が二艘舫ってあった。船頭がふたりいた。ふたりとも、屋形船に乗り、客を乗せる支度をしていた。

「今日も、船を出す気だな」

源九郎が言った。

「甚兵衛の手先も、乗るのではないか」

安田は屋形船に目をやっている。

「だれか、乗るとみていい」

源九郎は、屋形船に久保と又次郎が乗っていたのを思い出した。今日も、甚兵衛の子分がだれか乗るだろう。

「子分が姿を見せるのを待って、捕らえるか」

安田が言った。

「ここで、待つことはできないぞ。すこし離れないとな」

桟橋の近くで、捕らえたら、船頭か富沢屋の者に気付かれてしまう。

源九郎たちは、二手に分かれて待つことにした。子分が大川端沿いの道のどちらから来るか、分からなかったからだ。

源九郎と孫六が桟橋より川下に、安田と平太が川上に行って、子分があらわれるのを待つことになった。

源九郎と孫六は桟橋から一町ほど川下に歩いてから、大川の岸際に植えてあった柳の陰に身を隠した。以前、船頭から話を聞いた場所より、さらに下流である。

「甚兵衛の子分は、姿を見せやすかね」

孫六が通りに目をやりながら言った。

「来るはずだ。子分たちが、富沢屋で寝泊まりしているとは思えんからな」

「何人も、いっしょに来たらどうしやす」

「安田たちに知らせる間はないな。そのときは長丁場になるが、屋形船から下りた後、狙うしかない」

いずれにしろ、子分がひとりになるときが、あるはずだ、と源九郎は思った。

源九郎と孫六は柳の陰で待ったが、子分らしい男は、なかなか姿をあらわさなかった。

「来ねえなァ」

孫六が生欠伸《なまあくび》を噛み殺して言った。

「そろそろ、来てもいいころだが……」

源九郎は、空に目をやった。

陽は西の空にまわっていた。七ツ（午後四時）ごろではあるまいか。

「腹がへりやしたね」

「そうだな」

朝めしは遅く食ったが、それでも腹がへってきた。そうかといって、いま、この場を離れてめしを食いにいくことはできない。

「握りめしでも、持ってくればよかった」

孫六が、そう言ったときだった。

通りの先を見ていた源九郎は、遊び人ふうの男を目にとめた。

「又次郎だ！」

源九郎は、長身の男に見覚えがあった。又次郎である。

又次郎は大川端の道をこちらに歩いてくる。近くに、仲間らしい男の姿はなかった。ひとりのようだ。

「旦那、どうしやす」

孫六が昂った声で訊いた。

「わしが、又次郎を仕留める。……孫六、念のため、やつの後ろへまわってくれ」

「承知しやした」

孫六が目をひからせて言った。

又次郎は、大川の川面に目をやりながら、源九郎たちが身をひそめている場所に近付いてきた。源九郎たちに、気付いていない。

源九郎は刀を抜いた。そして、刀身を峰に返し、又次郎が近くまで来るのを待った。

又次郎が五間ほどに近付いたとき、源九郎が柳の陰から飛び出した。つづいて、孫六が又次郎の背後にむかって走り出た。

ギョッ、としたように、又次郎はその場に立ち竦んだ。一瞬、源九郎が何者か分からなかったようだ。

源九郎は又次郎の前に立ち塞《ふさ》がり、刀を八相に構えた。

「て、てめえは！」

又次郎はひき攣《つ》ったような声を上げ、懐に手を突っ込んで匕首《あいくち》を取り出した。闘う気らしい。

「又次郎、匕首を捨てろ！」

源九郎は、足裏を摺《す》るようにして又次郎との間合をつめた。

又次郎は後じさったが、すぐに足をとめた。背後で、十手を手にして立っている孫六に気付いたのだ。

「ふたりとも、殺してやる！」

又次郎は目をつり上げ、歯を剝《む》き出した。いまにも、飛び掛かってくるような気配がある。

かまわず、源九郎は摺り足で又次郎との間合をつめた。

源九郎が一足一刀の間合に踏み込むや否や、又次郎が飛び掛かってきた。野犬を思わせるような素早い動きである。

「死ね！」

叫びざま、手にした匕首を源九郎にむかって突き出した。

刹那《せつな》、源九郎は右手に跳びざま、刀身を横に払った。一瞬の体捌《たいさば》きである。

又次郎の匕首は源九郎の肩先に伸びたが、空を突き、源九郎の刀身は又次郎の腹をとらえた。

皮肉を打つにぶい音がし、又次郎の上半身が折れたように前に傾《かし》いだ。源九郎の峰打ちが又次郎の腹を強打したのだ。

グワッ、と又次郎は低い呻《うめ》き声を上げ、両手で腹を押さえて蹲《うずくま》った。

「孫六、押さえろ！」

源九郎が声を上げた。

「へい！」

孫六は、懐に入れていた細引を取り出し、又次郎の両腕を後ろにとって縛った。隠居するまで岡っ引きをやっていただけあって、なかなか手際がいい。

孫六は又次郎の両腕を縛っただけでなく、猿轡《さるぐつわ》もかました。

源九郎と孫六は、道沿いの空き地に群生していた笹藪《ささやぶ》の陰に、又次郎を引き摺り込んだ。大川端の道を通りかかる者の目に触れないようにしたのである。

「孫六、すまぬが、安田たちに、又次郎を捕らえたことを知らせてな、ここに連れてきてくれ」

源九郎は、又次郎を捕らえれば、他の手先を捕らえる必要はないと思った。

「承知しやした」

孫六は笹藪の陰から出ると、川沿いの道を川上にむかった。

六

「又次郎から、ここで話を聞くのか」

安田が、捕らえられた又次郎に目をやりながら源九郎に訊いた。

「ここで聞いてもいいが、暗くなったら長屋に連れていくぞ」

源九郎は、話を聞いた後、又次郎を殺すつもりはなかった。頃合をみて、又次郎の身柄を栄造に引き渡し、町方の手で甚兵衛たちを捕らえてもらうつもりだった。そのためにも、又次郎は生かしておかなければならない。

「それなら、長屋で話を聞こう」

安田が言った。この場で大声を出すと、通りかかった者の耳にとどく恐れがあったのだ。それに、陽は西の家並の向こうにまわっていた。半刻（一時間）もすれば、暗くなるだろう。

大川端が夜陰に染まったころ、源九郎たちは又次郎を笹藪の陰から連れ出した。川沿いの道に人影はなかったが、又次郎の猿轡が見えないように頭から源九郎が着ていた羽織をかけ、源九郎と安田が又次郎の両腕をとって身を寄せて歩いた。酔った仲間を連れていくように見せかけたのだ。

柳橋近くまで行くと、酔客や遅くまで仕事をした職人などとすれ違ったが、源九郎たちに不審の目をむける者はいなかった。

源九郎たちは、又次郎を源九郎の家に連れ込んだ。

平太に長屋をまわらせ、菅井、茂次、三太郎の三人も、源九郎の家に集まってもらった。菅井たちも、又次郎に訊きたいことがあるのではないかと思ったのだ。

座敷の隅に置かれた行灯《あんどん》の灯に、源九郎たちの姿が浮かび上がった。又次郎は後ろ手に縛られ、猿轡をかまされたまま座敷のなかほどに座らされている。

「孫六、猿轡をとってくれ」

源九郎が声をかけた。

すぐに、孫六が又次郎の背後にまわり猿轡をとった。

源九郎は又次郎の前に立ち、

「又次郎、ここは騒ごうと喚《わめ》こうと、長屋の者の耳にしかとどかぬ」

そう言った後、

「屋形船が、賭場になっているようだな」

と、静かな声で訊いた。

「し、知らねえ」

又次郎が、声を震わせて言った。まだ、源九郎に峰打ちをあびた腹が痛むのか、顔をしかめている。

「知らぬはずはあるまい。おまえと久保が、屋形船に乗っているのを目にしたぞ。屋形船を佃島の近くにとめたままにし、客たちが博奕をしていることも知っている」

「……！」

又次郎が、驚愕《きょうがく》に目を剝いた。源九郎たちに、屋形船で行われている博奕のことまでつかまれているとは、思ってもみなかったのだろう。

「博奕のことは、訊かぬ。すぐに、はっきりすることだからな。……わしらが知りたいのは、浜富のことだ」

そう言って、源九郎は又次郎を見据え、

「なぜ、浜富にこだわるのだ」

と、語気を強くして訊いた。

源九郎の顔が行灯の明かりに横から照らされ、赤く爛《ただ》れたように見えた。双眸《そうぼう》が、熾火《おきび》のようにひかっている。

「知らねえ……」

又次郎が小声で言った。

「いまさら、隠してもどうにもなるまい。それとも、甚兵衛や久保が助けに来てくれるとでも思っているのか。久保たちが、ここに来るとすれば、おまえを殺すためだぞ。口封じのためにな」

「……！」

又次郎の顔が、ひき攣ったようにゆがんだ。

「浜富にこだわるのは、なぜだ」

源九郎が声をあらためて訊いた。

「あそこに、料理屋を建てるためだ」

又次郎が、小声で答えた。隠しても仕方がないと思ったようだ。

「隣の料理屋も壊して、あそこに大きな料理屋を建てようとしていることは知っている。だが、客を集めるためなら別の場所でもいいではないか。……深川でも薬研堀《やげんぼり》でも、料理屋が繁盛しそうなところはいくらでもあるぞ」

深川の富ヶ岡八幡宮界隈《かいわい》や薬研堀沿いは、料理屋や料理茶屋などが多いことで知られていた。

又次郎はいっとき口をつぐんでいたが、

「船だ」

と、ぼそりと言った。

「船とは、どういうことだ」

「浜富の裏手には、屋形船をとめることができる」

「桟橋か」

浜富の裏手に、ちいさな桟橋があった。そこは竪川だが、大川はすぐ近くで、屋形船が行き来することはできるだろう。ただ、桟橋はちいさく猪牙舟がやっとで、屋形船をとめるのはむずかしい。

「桟橋も、造り替えるのか」

源九郎が訊いた。

「そうだ」

「屋形船をとめる桟橋なら、富沢屋の脇にあるではないか」

「あの桟橋は、通りからよく見える。だれが、乗ったか、屋形船はいつ出たか。……近所の者や通りかかった者には、まる見えだ。……桟橋を別の場所に造ろうとしても、富沢屋の裏手には造れねえ」

又次郎によると、富沢屋は大川の岸際に建っているので裏手に桟橋は造れないという。

「それで、浜富に目をつけたのか」

「あそこは柳橋より、客も見込めるからな」

「うむ……」

確かに、浜富は客の見込める場所にあった。江戸でも有数の両国広小路はすぐ近くだし、本所、深川方面からの客も見込める。

「そういうことか」

源九郎は納得した。

「岡造とおあきの命まで狙うことはあるまい」

と、菅井が又次郎の前に立ち、語気を強くして言った。

「しめしがつかねえから、始末することになったのよ」

又次郎が声を低くして言った。

「しめしが、つかないだと」

「そうよ。年寄りと小娘のいいなりになったんじゃァ、親分もそうだが、おれたちの顔もたたねえ」

又次郎の声に、嘯《うそぶ》くようなひびきがくわわった。

「又次郎、おまえたちは、おれたちのことを見誤ったな。……甚兵衛も久保たちも、長い命ではないぞ」

菅井が又次郎を見据えて言った。

又次郎は顔をしかめただけで、何も言わなかった。

「ところで、久保と望月の塒《ねぐら》は、どこだ」

源九郎が、声をあらためて訊いた。

「久保の旦那の塒は、浅草にあると聞いたが、どこか知らねえ」

「望月は」

「望月の旦那は、材木町《ざいもくちょう》と聞きやした」

「材木町のどこだ」

浅草材木町と分かっただけでは、探しようがなかった。材木町は、大川端沿いにひろくつづいている。

「情婦《いろ》が、小菊《こぎく》ってえ小料理屋をやってやしてね。ふだんは、そこにいるようでさァ」

又次郎によると、小菊は駒形町《こまがたちょう》に近い大川端にあるという。

「小菊な」

源九郎は、それだけ分かれば、望月の塒は突き止められるとみた。

そのとき、源九郎と又次郎のやりとりを聞いていた菅井が、

「望月は、おれが斬る」

と、低い声で言った。

行灯の灯に照らされた菅井の顔は赤みを帯び、般若《はんにゃ》のようだった。細い目が、

燃えるようにひかっている。

七

翌日、源九郎は孫六とふたりで、浅草諏訪町にむかった。勝栄に立ち寄り、又次郎から聞いたことを栄造に話しておこうと思ったのだ。おそらく、町方も本腰を入れて甚兵衛たちを探るはずである。

「旦那、これだけ分かれば、すぐに八丁堀が動くかもしれやせんぜ」

孫六が竪川沿いの道を歩きながら言った。

「だが、甚兵衛まで、町方の手がとどくかな」

甚兵衛が、屋形船のなかで賭場をひらく気になったのは、町方の手を逃れるためであろう。甚兵衛は貸元として屋形船に乗らないようだし、壺振りも甚兵衛の手先ではなく、博奕好きな船頭にでもやらせているにちがいない。

酒に酔った客たちが勝手に集まって賭《か》け事をしただけだ、とでも言い張れば、甚兵衛に縄をかけるのは難しいだろう。

「甚兵衛め、うまい手を考えやがったな」

孫六が渋い顔をして言った。

そんなやり取りをしている間に、源九郎と孫六は、浜富の近くまで来た。

「孫六、裏手の桟橋を見てみるか」

源九郎が言った。

ふたりは、浜富の裏手にまわった。ちいさな桟橋があった。だれの持ち舟か、猪牙舟が一艘だけ舫ってあり、波に揺れていた。

「いい場所だな」

ここに、料理屋を建てれば、通りからはまったく見えない。それに、すぐに大川へ出ることができる。金持ちの客を集め、酒と女だけでなく、博奕もやらせれば、莫大な金を手にすることができるだろう。

源九郎と孫六は通りにもどり、大川にかかる両国橋を渡った。

源九郎たちは賑やかな両国広小路を経て、神田川にかかる浅草橋を渡り、奥州街道を北にむかった。そして、諏訪町に入って間もなく、勝栄のある路地に足をむけた。

源九郎たちが勝栄の暖簾《のれん》をくぐると、すぐにお勝が顔を出した。

「栄造は、いるかな」

源九郎が訊いた。

「いますよ。すぐに、呼びますから」

そう言い残し、お勝は板場にもどった。

待つまでもなく、栄造が板場から顔を出した。そして、源九郎たちに身を寄せて、

「何か、動きがありましたかい」

と、小声で訊いた。

栄造は、小上がりに客が三人いたので、聞こえないように気を使ったようだ。

「だいぶ知れてきたぜ」

孫六が、栄造の耳元で言った。

「小上がりの奥の座敷に、入《へえ》ってもらえやすか」

栄造によると、そこは客を入れる座敷ではなく、栄造とお勝がふだん居間に使っているという。

「いいのか」

源九郎が訊いた。

「散らかってやして、旦那たちに入ってもらうのは気が引けやすが……」

そう言って、栄造は源九郎と孫六を奥の小座敷に連れていった。

座敷の正面に、長火鉢が置いてあった。鉄瓶がかかっていたが、火は点《つ》けてないらしい。座敷には、行灯や長持などもあった。

源九郎と孫六が座敷に腰を下ろすと、

「何かありましたかい」

と、栄造があらためて訊いた。源九郎たちが何か伝えることがあって、店に来たとみたのだろう。

「実は、甚兵衛が浅草から姿を消し、柳橋に来て富沢屋のあるじに収まった理由《わけ》が知れたのだ」

そう前置きして、源九郎は、屋形船に金持ちの客を乗せて大川を下り、佃島近くに船をとめて、船内で賭場をひらいていることを話した。

「屋形船のなかが、賭場だったんですかい」

栄造が驚いたような顔をした。

「甚兵衛の子分の又次郎を捕らえてな、話を聞いたのだ」

源九郎が、又次郎は長屋に閉じ込めてあることを言い添えた。

「よく探りやしたね」

栄造が感心したような顔をした。

「わしらは、岡造とおあきを預かっていてな。甚兵衛たちを何とかしないと、浜富に帰すこともできんのだ」

「それにしても、甚兵衛はなぜ浜富にこだわるんですかね」

　栄造が首をひねった。

「そのことも、知れたぞ」

　源九郎は、孫六から話してくれ、と声をかけた。孫六が何か言いたそうな顔をして、源九郎に目をむけていたからだ。

「桟橋だよ」

　いきなり、孫六は桟橋のことを持ち出した。そして、甚兵衛が、浜富の裏手にある桟橋を屋形船の発着に利用するために、浜富を自分のものにしたがっていることを話した。

「そういうことか」

　栄造も納得したようだった。

「甚兵衛のたくらみは、だいぶ知れてきたがな、長屋の者たちだけじゃァ荷が重いのよ。それでな、おめえから、八丁堀の旦那に話してもらいてえんだ」

　孫六が言った。

「分かった。村上《むらかみ》の旦那におれから話しておく」

村上彦四郎《ひこしろう》は、南町奉行所の定廻り同心だった。源九郎たちは、これまでも町方がかかわるような事件のおりには、栄造を通して村上に話していた。捕らえた下手人も、村上が町方同心として大番屋に送ることが多かった。

「久保と望月は、腕がたつ。下手に捕らえようとして嗅《か》ぎまわると、返り討ちに遭《あ》うぞ。……どうだ、栄造、久保と望月は、わしらにまかせてくれんか。久保たちの手から、岡造とおあきを守ろうとすれば、ふたりとやりあうことになるからな」

源九郎は、久保と望月の身辺を探るのは危険だと思っていた。相手が、町方の手先と分かれば、容赦なく命を狙うだろう。

「旦那たちに、まかせやす」

栄造の顔に、ほっとした表情が浮いた。栄造も、久保と望月の身辺を探る危険に気付いていたようだ。

それから、源九郎と孫六は、お勝が運んできたそばを食べ、酒を酔わない程度に飲んでから店を出た。

第五章　逃　走

一

「おあき、出かけてくるからな」

菅井は、座敷にいるおあきに目をやって言った。

岡造の姿はなかった。井戸端へ顔を洗いに行っているようだ。

菅井は、おあきと岡造が寝起きしている自分の家の上がり框《がまち》に腰を下ろしていた。これから、望月を討つために源九郎と孫六の三人で浅草材木町に行くつもりだった。

菅井は源九郎から話を聞くと、ひとりで行くと言い出した。いつも長屋にいて、源九郎たちだけに危ない思いをさせていたので、望月は自分の手で斬りたいと思ったのだ。

ところが、源九郎は、わしと孫六もいっしょに行く、と言ってきかなかった。源九郎には、菅井の居合でも望月に後れをとるかもしれない、との危惧《きぐ》があったようだ。それに、望月がひとりでいるとは、かぎらない。たまたま、久保がいっしょにいれば、菅井は返り討ちになると読んだらしい。

「ねえ、危ないことにならないの」

おあきが、心配そうな顔をして言った。

「いや、華町たちもいっしょだからな。危ないことはない」

菅井はそう言ったが、源九郎の手は借りずに、望月と居合で勝負するつもりでいた。居合は、相手がひとりのとき、助太刀はいらないのだ。敵と対峙《たいじ》し、一瞬のうちに勝負を決するからである。

おあきは、菅井ににじり寄って、

「あたし、心配で……」

と、眉《まゆ》を寄せて言った。

おあきは眉を寄せ、花弁のような唇を震わせていた。その顔は、まだ生娘《きむすめ》のように若く見えた。

菅井は、おあきに女の色気より肉親の情のようなものを感じ、……年の離れた妹のようだ。

と、思った。おのれが、五十がらみの歳だったせいかもしれない。

「おあき、心配せず、長屋で待っていろ」

菅井は兄にでもなったつもりで、そう言ってから腰を上げた。

おあきは、戸口まで出て菅井を見送ってくれた。

源九郎の家に立ち寄ると、孫六と源九郎が待っていた。

「待っていたぞ」

源九郎が立ち上がった。

上がり框に腰を下ろしていた孫六は、

「おあきさんのことが心配で、家を出られねえんじゃァねえかと思いやしてね。あっしらだけで、行く気になってたんでさァ」

と、薄笑いを浮かべて言った。

「孫六、おまえこそ、飲んだくれて、朝起きられなかったのではないのか」

「昨夜《ゆうべ》は、飲んでねえ」

孫六が、むきになって言った。

「ふたりとも、行くぞ」

源九郎が菅井と孫六に声をかけ、先に戸口から出た。

六ツ半（午前七時）ごろだった。長屋には、朝の騒がしさが残っていた。男たちのなかには、まだ仕事に出てない者もいるようだ。

源九郎たち三人は、路地木戸から出ると、竪川沿いの道に足をむけた。三人は両国広小路に出て奥州街道を北にむかい、浅草材木町に行くつもりだった。

奥州街道は、賑わっていた。旅人にくわえ、浅草にむかうひとたちも多いようだ。

源九郎たちは、浅草御蔵の前を通り、駒形町を過ぎたところで右手の通りに入り、大川端の道に出た。この辺りが、材木町である。

浅草寺が近いせいか、大川端の通りにも、参詣客や遊山《ゆさん》客らしいひとの姿があった。

「小菊という小料理屋だったな」

源九郎が、道沿いの店に目をやりながら言った。

道沿いには、そば屋、うどん屋、飲み屋などの小体《こてい》な店が目についた。小料理屋らしい店もある。浅草寺から流れてくる参詣客や遊山客相手の店が多いようだ。

「土地の者に訊《き》いた方が早《はえ》えな」

そう言って、孫六が道沿いの店に目をやり、

「そこのそば屋で、訊いてきやす」

と言って、小体なそば屋へ足をむけた。

孫六は、そば屋の暖簾《のれん》をくぐり、いっときして出てくると、路傍で待っていた源九郎たちのそばに走り寄った。

「知れやしたぜ」

すぐに、孫六が言った。

「この近くか」

源九郎が訊いた。

「ここから、一町ほどいった先のようでさァ。戸口の掛け行灯《あんどん》に、小菊と書いてあるそうですぜ」

「行ってみよう」

源九郎たちは、川上にむかって歩いた。

一町ほど歩くと、孫六が、

「あの店だ」

と言って、道沿いにあった小料理屋らしい店を指差した。

源九郎たちが店に近付くと、戸口の掛け行灯に、「御料理　小菊」と書いてあった。小料理屋の小菊である。

源九郎たちは店の前を通り過ぎ、しばらく歩いてから川岸に足をとめた。

「店はひらいていたようだな」

源九郎が、店先に暖簾が出ていたことを話した。参詣客や遊山客が多いので、早くから店をひらいているのだろう。

「どうする。店に踏み込むか」

菅井が言った。

「それはまずい。望月が店にいればいいが、いなければ、姿を隠すぞ」

望月は、源九郎たちが、小菊に踏み込んできたことを知れば、店に寄り付かなくなるのではないか、と源九郎は思った。

「小菊に、望月がいるかどうか、確かめたいが」

源九郎は、望月が店にいなければ、姿をあらわすまで付近に身を隠して待つか、出直すしかないと思った。

「客に訊いてみやすか」

孫六が言った。

「そうするか」

源九郎たちは、大川端に植えてあった桜の樹陰にまわった。そこで、小菊から出てくる客を待つのである。

二

源九郎たちが桜の樹陰に立って、半刻（一時間）も経ったろうか。小菊の格子戸があいて、男がふたり姿を見せた。ふたりとも、町人だった。遊び人ふうである。土地の者らしい。

「わしが、訊いてみる」

源九郎が樹陰から通りに出ると、孫六はすこし間をおいてついてきた。何かあったら、話にくわわろうというのだろう。

「しばし、しばし」

源九郎が、ふたりの男に声をかけた。

ふたりの男は足をとめて、振り返った。ふたりの顔に、警戒の色が浮いた。見ず知らずの武士に声をかけられたからだろう。

「ちと、訊きたいことがあってな」

源九郎は、「歩きながらでいい、人目を引くからな」と言って、ゆっくりとした歩調で歩きだした。

ふたりの男は、警戒の色を浮かべたまま源九郎についてきた。

「わしはな、これが好きでな。望月どのに、世話になったことがあるのだ」

源九郎は声をひそめて言い、壺を振る真似をして見せた。源九郎はふたりの男が望月のことを知っているとみて、賭場《とば》で、望月といっしょになったことを匂わせたのだ。

「望月の旦那を、ご存じで」

浅黒い顔をした男が言った。

ふたりは、望月と何かつながりがあるようだ。

「小菊に、望月どのがいると聞いて、来てみたのだがな。この歳で、小菊に入るのは気が引けてな」

源九郎は照れたような顔をし、

「小菊に、望月どのはいたかな」

と、声をひそめて訊いた。

「いやしたぜ」

もうひとりの男が、小声で言った。痩身《そうしん》で、頬骨が突き出ている。

「そうか。女将《おかみ》もいるな」

「おしげさんも、いやしたぜ」

浅黒い顔の男が言った。どうやら、女将の名は、おしげらしい。

「望月どのは、柳橋に出かけることが多いと聞いているのだが、小菊を出るのは何時《なんどき》ごろかな」

「いつも、陽が西の空にまわったころでさァ」

そう言って、浅黒い顔の男が、すこし足を速めた。望月のことを話し過ぎたと思ったのかもしれない。

「小菊を覗《のぞ》いてみるか」

源九郎は、足をとめた。これ以上、ふたりから訊くことはなかったのである。

ふたりの男が遠ざかると、孫六が源九郎のそばに来て、

「旦那、うまく聞き出しやしたね」

と、感心したような顔をして言った。

「わしが、望月の仲間と思ったようだ」

「旦那なら、いい御用聞きになりやすぜ」

「わしは、歩きまわるのが苦手だ」

源九郎と孫六は、そんなやり取りをしながら菅井のいる桜の樹陰にもどった。

源九郎は、望月が小菊にいることを菅井に話した後、

「陽が西の空にまわったころ、店を出るようだ」

と、言い添えた。

「待つか」

菅井は上空に目をやった。陽は西の空に傾きかけていたが、まだ陽射しは強かった。八ツ半（午後三時）ごろであろう。

「待とう。そう長い間ではない」

源九郎たちは、すぐに桜の樹陰にまわった。

「腹がへったな」

孫六が、つぶやいた。

「我慢だ。いま、ここを離れたら、望月を取り逃がすことになるぞ」

源九郎たちは腹がすいていたが、我慢することにした。

それから、一刻（二時間）ほど経った。陽は西の空にかたむいていたが、小菊から望月は姿を見せなかった。

「今夜、泊まるんじゃァねえかな」

孫六が、そうつぶやいたときだった。

「おい、出てきたぞ」

店先に目をやっていた菅井が、身を乗り出して言った。

小菊から、武士体の男が姿をあらわした。小袖を着流し、大小を帯びている。その男に寄り添うように、女も店から出てきた。

「望月だ！」

菅井が声を殺して言った。武士は、望月だった。女は、おしげらしい。

望月は通りに出たところで足をとめ、おしげに何やら話していたが、すぐに店から離れた。こちらにむかって歩いてくる。おしげは、店先に立って望月を見送っていたが、望月が遠ざかると、踵《きびす》を返して店にもどった。

「来たぞ」

菅井が、刀の鍔元《つばもと》を握って飛び出す構えを見せた。

望月が近付いてきた。柳橋にむかうようだ。

「行くぞ」

菅井が樹陰から飛び出した。

つづいて、源九郎と孫六も樹陰から走り出た。菅井が望月の前に走り、源九郎たちは背後にまわり込むつもりだった。

望月がギョッとしたような顔をし、身を硬くして足をとめた。

菅井は、望月の前に立ちふさがった。源九郎は望月の背後に立った。孫六は、源九郎からすこし間をとって立っている。

三

「望月、待っていたぞ」

菅井が望月を見すえて言った。

望月は顔をこわばらせ、

「華町とふたりで、待ち伏せか」

と、背後の源九郎にも目をやって言った。

「おぬしの相手は、おれひとりだ。華町は、おぬしが逃げないように後ろをかためただけだ」

「やるしかないようだな」

望月は、刀を抜いた。

すかさず、菅井は左手で刀の鯉口《こいぐち》を切り、右手を柄《つか》に添えた。そして、腰を沈めた。居合の抜刀体勢をとったのである。

ふたりの間合は、およそ二間半――。真剣勝負の立ち合いの間合としては近かったが、まだ一足一刀の斬撃の間合の外である。

望月の背後に立った源九郎も、刀を抜き、切っ先を望月にむけた。ただ、間合は三間ほどとっていた。この場は菅井にまかせ、勝負の様子をみてから闘いにくわわるつもりだったのだ。

望月は、青眼に構えた。剣尖《けんせん》が菅井の目線につけられている。腰の据わった隙のない構えである。

……遣い手だ！

と、菅井は察知したが、臆さなかった。

「いくぞ！」

菅井は腰を沈め、居合の抜刀体勢をとったまま足裏を摺《す》るようにして、ジリジリと望月との間合をつめていく。

居合での立ち合いは、抜刀の迅《はや》さが勝負を左右するが、正確な間合の読みも大事だった。わずかな間合の読み違えで、切っ先が敵にとどかないことがあるのだ。

対する望月は、動かなかった。青眼に構えたまま、菅井との間合と抜刀の気配を読んでいる。

居合の抜き付けの間合に迫るにつれ、菅井の全身に抜刀の気が高まってきた。と、かすかに望月の剣尖が揺れた。菅井の抜刀の気の高まりに、威圧を感じたらしい。

イヤアッ！

突如、望月が裂帛《れっぱく》の気合を発した。気合で、菅井の気を乱そうとしたらしい。

だが、菅井の気は乱れなかった。抜刀の体勢も、まったくくずれない。

菅井は足裏を摺るようにして、ジリジリと望月に迫っていく。

ふいに、望月が半歩身を引いた。このまま、菅井が居合の間合に踏み込むのを恐れたようだ。

だが、菅井は望月のこの動きをとらえた。

スルスルと、摺り足で間合をつめ、居合の抜刀の間合に踏み込むや否やしかけた。

菅井の腰がさらに沈んだように見えた瞬間、
タアッ！

菅井が鋭い気合を発しざま、抜き付けた。

シャッ、という抜刀の音がし、稲妻のような閃光《せんこう》が逆袈裟《ぎゃくげさ》にはしった。

迅い。

咄嗟《とっさ》に、望月が身を引いたが、間に合わなかった。

菅井の切っ先が、望月の胸から肩にかけて小袖を切り裂いた。

望月は驚愕《きょうがく》に目を剝《む》き、さらに後ろへ身を引いた。あらわになった望月の胸に血の線がはしり、ふつふつと血が噴き、赤い筋を引いて流れた。

だが、致命傷にはならなかった。菅井が居合で抜き付けた瞬間、望月が身を引いたため浅手で済んだらしい。

「居合が、抜いたな」

望月が目をつり上げて言った。

菅井は、すばやく脇構えにとった。刀を鞘《さや》に納める間がなかった。納刀の一瞬の隙をついて、望月が斬り込んでくるからだ。

望月は青眼に構え、剣尖を菅井の目線につけた。だが、望月の切っ先が、かすかに震えていた。菅井に胸を斬られたことで、異様に気が昂《たかぶ》り、両腕に力が入り過ぎて硬くなっているのだ。

……互角だ！

と、菅井はみた。菅井は抜刀し、居合を遣えなくなったが、望月も気の昂りで体が硬くなっている。

このとき、源九郎が望月との間合をつめてきた。菅井が抜刀したのを見て、助太刀しようと思ったらしい。

「寄るな、華町！」

菅井が声をかけた。菅井には、まだ望月を討つ自信があったのである。

「いくぞ！」

望月が先《せん》をとった。

青眼に構えたまま、摺り足で菅井との間合をつめ始めた。

対する菅井は、動かなかった。気を静めて、望月の気の動きと間合を読んでいる。

ジリジリと望月が、間合をつめてきた。望月の全身に、斬撃の気配が高まってきた。いまにも斬り込んできそうである。

望月が一足一刀の斬撃の間合まで、あと一歩に迫ったとき、ふいに菅井が動いた。斬撃の気配を見せて、一歩踏み込んだのである。菅井の誘いだった。望月に斬り込ませ、その動きで生じた隙をとらえようとしたのだ。

次の瞬間、望月の全身に斬撃の気がはしった。

イヤアッ！

裂帛の気合を発し、望月が斬り込んだ。

青眼から袈裟へ――。

だが、菅井は望月の斬撃を読んでいた。右手に踏み込みざま、刀身を横一文字に払った。居合で身に付けた一瞬の太刀捌《たちさば》きである。

菅井の切っ先が、望月の首をとらえた。

ビュッ、と、血が赤い帯のように飛んだ。望月の首の血管《ちくだ》から、血が噴出したのだ。

望月は血を撒《ま》きながらよろめき、爪先を何かにとられて前につんのめるように倒れた。地面に伏臥《ふくが》した望月は四肢を痙攣《けいれん》させていたが、いっときすると動かなくなった。

菅井が血刀を引っ提げたまま望月のそばに立った。そのとき、源九郎と孫六が、走り寄った。

「菅井の旦那、やりやしたね」

孫六が興奮した声で言った。

「居合で仕留められなかったので、危なかったが、何とか斃《たお》したよ」

菅井が、頬の返り血を手の甲で拭った。

「通りの邪魔だな。死骸《ほとけ》を始末しておこう」

源九郎が、望月の死体に目をやりながら言った。

菅井、源九郎、孫六の三人で、望月を近くの笹藪《ささやぶ》の陰まで運んだ。

辺りは、淡い夕闇につつまれていた。大川の黒ずんだ川面が、両国橋の彼方までつづいている。猪牙舟《ちよきぶね》や茶船は、見られなかった。提灯《ちようちん》の灯《ひ》につつまれた一艘《そう》の屋形船が、ゆっくりと大川を下っていく。

四

菅井が望月を斃した三日後だった。その日、朝から雨が降っていた。めずらしく菅井が、将棋盤と駒を持って源九郎の家にやってきた。

　ふたりが将棋盤に駒を並べ始めたとき、腰高障子の向こうに、近付いてくる足音が聞こえた。ふたりらしい。

　ふたりの足音は、戸口でとまり、

「華町の旦那、いやすか」

　と、孫六の声がした。

「いるぞ。入ってくれ」

　源九郎が声をかけると、すぐに腰高障子があいた。

　土間に入ってきたのは、孫六と栄造だった。

「栄造、どうした」

　すぐに、源九郎が訊いた。甚兵衛たちのことで、何かあったのではないかと思ったのだ。

　栄造は、菅井が将棋の駒を並べるのをやめようとしないので、戸惑うような顔をしたが、

「甚兵衛たちのことで、旦那たちに話があって来やした」

　と、厳しい顔をして言った。

「そうか。上がってくれ。将棋は後にする」

源九郎は菅井に目をやり、「将棋は、話を聞いた後だな」と念を押すように言った。

「そ、そうだ」

菅井は渋い顔をして、盤の上に並べ始めた駒を小箱にもどし始めた。

栄造は孫六につづいて座敷に上がり、

「望月を討ち取ったそうで」

と、すぐに言った。孫六から聞いたようだ。

「菅井がな、見事に仕留めたよ」

源九郎が言うと、菅井は胸を張り、尖《とが》った顎《あご》を前に突き出すようにしたが、何も言わなかった。

「栄造、何かあったのか」

源九郎が、声をあらためて訊いた。

「村上の旦那が、手先たちを使って、富沢屋と甚兵衛を洗ったんでさァ。それで、甚兵衛の悪事が、だいぶはっきりしてきやした」

栄造によると、村上は富沢屋とはかかわりのない喧嘩や強請《ゆすり》などの咎《とが》で、甚兵衛の子分と思われる男を何人か捕らえ、大番屋で吟味したという。

「村上の旦那は、捕らえた子分たちから、屋形船に金持ちの客を乗せて賭場をひらいていることを聞き出しやした」

栄造が言い添えた。

「それで、村上どのは、どうするつもりなのだ」

源九郎が訊いた。

「村上の旦那は、甚兵衛たちをお縄にするつもりのようです」

「やはりそうか」

どうやら、村上は本腰を入れて甚兵衛を捕らえようとしているようだ。

「村上の旦那は、日を置かず、捕方を富沢屋にむけたいと言ってやした」

「わしらも、捕方にくわわっていいかな。むろん、村上どのとは、かかわりのないようにする」

源九郎が言うと、そばにいた菅井が、

「甚兵衛の身辺には、久保がいる。捕方たちから、大勢の犠牲者が出るぞ」

と、顔をしかめて言った。

これまでも、源九郎たちは自分たちがかかわった事件のおりに、捕方といっしょに咎人の捕縛にあたったことがあった。ただ、町方の顔をつぶさないように、たまたま近くを通りかかって捕物に巻き込まれ、やむなく咎人とやり合ったことにした。今度も、そうするつもりだった。

「村上の旦那が、あっしに華町の旦那たちに知らせておけ、と言ったのは、旦那たちの手を借りたいからだとみていやす」

栄造が言った。

「それで、捕方をむけるのはいつだ」

源九郎が、声をあらためて訊いた。

「明後日と言ってやした」

栄造によると、村上は明日捕方たちに話し、明後日の昼ごろ、八丁堀から柳橋に向かうという。

「昼ごろだと。すこし、遅いな。捕方が八丁堀から柳橋に着くころには、だいぶ遅くなるぞ」

陽が西にまわるころではないか、と源九郎は思った。

「村上の旦那は、屋形船が桟橋を出るすこし前に踏み込み、集まっている子分たちをいっせいにお縄にするつもりのようです」

「そういうことか」

源九郎も、そのころなら屋形船に乗る子分たちも集まっているとみた。船に乗る子分たちを捕らえて吟味すれば、甚兵衛も言い逃れできなくなるだろう。

「それで、栄造も行くのだな」

源九郎が訊いた。

「行きやす」

「わしらも、そのころに柳橋に行こう」

源九郎が言うと、菅井と孫六がうなずいた。

「村上の旦那に、話しておきやす」

そう言うと、栄造は立ち上がった。

源九郎は栄造が戸口から出て行くと、孫六に、

「安田や茂次たちに、ここに来るよう、話してくれんか」

と、頼んだ。安田たちに話し、明後日、いっしょに柳橋へ行こうと思ったのだ。

「承知しやした」

すぐに、孫六は戸口から出ていった。

いっときすると、孫六が平太だけ連れてもどってきた。安田たちもすぐに来る

と、孫六が源九郎と菅井に話した。

待つまでもなく、安田が顔を出し、つづいて茂次と三太郎も姿を見せた。七人の男が集まったところで、源九郎が、明後日村上が捕方を富沢屋にむけることを話した。

「わしと菅井も行くつもりだが、みんなはどうするな」

源九郎が、男たちに訊いた。

「おれも行くぞ」

安田が言うと、茂次たち三人も、おれも行く、と言い出した。

「よし、みんなで行こう。……ただ、甚兵衛たちは町方にまかせるぞ」

源九郎は、捕方の手から逃げる者がいたら、取り押さえるつもりでいた。それに、久保がいれば、源九郎たちの手で討つことになるだろう。捕方が久保を押さえようとすれば、大勢の犠牲者が出るはずだ。

源九郎たちの話が、一通り終わると、

「華町、駒は並べたぞ」

菅井が、源九郎に声をかけた。

いつ並べたのか、将棋盤に駒が綺麗《きれい》に並んでいる。

五

源九郎は、腰高障子をあけて外へ出た。

八ツ（午後二時）ごろである。長屋は、妙に静かだった。ときおり、子供を叱る母親の声や赤子の泣き声などが聞こえるだけである。

源九郎は菅井と安田の家に行ってみようと思い、戸口から出たが、すぐに足がとまった。菅井と安田が、こちらにむかって歩いてくるのだ。

源九郎はふたりが近付くのを待って、

「そろそろ、出かけるか」

と、ふたりに声をかけた。

今日は、甚兵衛たちを捕縛するために、柳橋に出かける日だった。もっとも、甚兵衛たちを捕らえるのは、村上をはじめとする捕方で、源九郎たちは様子をみて手を貸すだけである。

「そのつもりで来たのだ」

安田が言った。

「孫六たちは」

源九郎が訊いた。

「すぐ、来るはずだ。茂次の家の前に集まっていたからな」

安田がそう言ったとき、

「おい、来たぞ」

と言って、安田が指差した。

孫六、茂次、三太郎、平太の四人が、足早に歩いてくる。

「旦那たちを待たせちまって、申しわけねえ」

孫六が首をすくめて言った。

「わしらも、いま集まったばかりだ」

源九郎が、出かけるか、と男たちに声をかけ、路地木戸の方へ足をむけた。

竪川沿いの通りへ出て、浜富が見えるところまで来たとき、

「菅井、甚兵衛たちが捕らえられれば、岡造とおあきは、浜富に帰れるな」

と、源九郎が菅井に言った。

「そ、そうだな」

菅井が声をつまらせた。菅井の顔に、戸惑うような表情が浮いている。

「菅井は、おあきたちに、長屋に住んでもらいたいのではないか」

源九郎が言った。

「そんなことはない。……ふたりは、長屋にいても仕事がないからな」

「いつまでも、菅井の世話になってはいられないというわけか」

「おあきも、岡造も、早く浜富に帰って店をひらきたいはずだ」

「そうか」

おあきたちは肩身の狭い思いで、長屋暮しをつづけているのだろう、と源九郎は思った。

そんなやり取りをしている間に、源九郎たちは両国橋のたもとまで来た。両国橋は、多くの人が行き交っていた。

源九郎と菅井は話をやめ、人通りのなかを縫うようにして歩いた。

両国広小路を抜けて柳橋を渡ると、人通りは少なくなったが、それでも人影は絶えなかった。

源九郎たちは大川端の通りに出たところで、まばらになった。七人が、まとまって歩くと人目を引くからだ。

前方に富沢屋が見えてきたところで、源九郎たちは足をとめた。はたして、捕方が集まっているかどうか、確認しようと思ったのだ。

「華町の旦那、あそこに栄造がいやす」

孫六が指差した。

見ると、栄造が大川の岸際に植えられた柳の陰から富沢屋の方へ目をやっていた。近くに、別の男の姿もあった。捕方かもしれない。

「呼んできやす」

そう言って、孫六は足早に栄造の方へむかった。

すぐに、孫六は栄造を連れてもどってきた。栄造はその場に集まっている源九郎たちに目をむけ、驚いたような顔をして頭を下げた。源九郎と孫六だけでなく、菅井や安田たちまで顔をそろえていたからだろう。

「それで、村上どのたちは」

源九郎が訊いた。

「この先にいやす」

栄造によると、村上や多くの捕方たちが、それと分からないような格好で、桟橋や富沢屋の周辺に身を隠しているという。

「屋形船の様子は」

さらに、源九郎が訊いた。

「客を乗せる支度をしてやす」

「久保はいるか」

源九郎は、久保がいるかどうか気になっていたのだ。

「それが、まだ富沢屋には来てねえようで」

栄造によると、久保らしい男の姿は目にしてないという。

「久保も来るはずだがな」

久保は、屋形船を出す間近になって姿を見せるのではないか、と源九郎は思った。

「そろそろ、捕方が富沢屋と屋形船に踏み込むころだな」

源九郎が、西の空に目をやって言った。

陽は西の家並の向こうに沈みかけていた。西の空が茜色《あかねいろ》に染まり、岸際に植えられた柳の陰には、淡い夕闇が忍び寄っている。

「あっしは、行きやす」

栄造は、そろそろ踏み込むころだとみて、捕方たちにくわわるようだ。

「わしらも、行くか」

源九郎たちは、栄造からすこし間をとって富沢屋へむかった。

富沢屋の桟橋の近くまで来ると、屋形船が見えた。まだ、提灯には灯が点《とも》って
なかったが、数人の船頭らしい男が、客を乗せる準備をしていた。
源九郎は、屋形船と桟橋に目をやった。船頭だけでなく、遊び人ふうの男もい
たが、武士体の男はいなかった。やはり、久保は来てないようだ。
源九郎は、富沢屋にも目をやった。すでに、客が入っているらしく、男の談笑
の声や嬌声《きょうせい》などが聞こえてきた。
「旦那、捕方ですぜ」
孫六が、通り沿いの店の陰を指差した。数人の男の姿が見えた。いずれも小袖
を裾高《すそだか》に尻《しり》っ端折《ぱしょ》りし、股引に草鞋《わらじ》履きである。捕物装束ではなかった。捕方と
知れないように、ふだん町を歩いているような格好で集まったようだ。

六

「村上どのだ!」
菅井が指差した。
見ると、村上が姿をみせ、路傍の樹陰に身を隠した。村上は小袖に袴《はかま》姿だっ
た。捕物出役《しゅつやく》装束どころか、羽織の裾を帯に挟む、八丁堀同心独特の格好もし

ていなかった。御家人か大名家の江戸詰の藩士といった身装《みなり》である。町方同心と知れないように、気を使ったようだ。

源九郎たちは、村上のそばに行かなかった。すこし離れた道沿いの店の脇に身を隠して、町方が動くのを待っていた。

それからいっときしたとき、数人の船頭が姿を見せた。富沢屋からいったん通りに出た後、桟橋につづく石段を下り始めた。つづいて、富沢屋から遊び人ふうの男がふたり、それに牢人体の男がひとり、姿を見せた。

……久保だ！

源九郎は、胸の内で叫んだ。

牢人体の男は、久保だった。遊び人ふうのふたりの男につづいて、桟橋につづく石段に足をむけた。

そのときだった。物陰に身をひそめていた捕方たちが、いっせいに飛び出した。多勢だった。三十人ほどいた。手に手に、十手や六尺棒などを持っている。

「二手に分かれろ！」

村上が叫んだ。

すると、十数人の捕方が、富沢屋の戸口にむかった。その一隊は、店にいる甚兵衛を捕らえるつもりらしい。

村上は残る捕方の先頭に立ち、

「桟橋へむかうぞ」

と、声をかけた。

このとき、久保は石段のそばにいたが、村上たちの一隊が迫ってくるのを見て、ひとり石段から離れた。そして、大川を背にして岸際に立った。捕方たちに、取り巻かれるのを避けようとしたようだ。

源九郎たち七人も物陰から飛び出し、久保にむかって走った。当初から、源九郎たちは久保を討つつもりで、この場に来ていたのだ。

「おれは、桟橋に行くぞ」

安田が言った。

久保はひとりで、岸際に立っていた。安田は源九郎と菅井にまかせれば、久保を討てるとみたらしい。

源九郎は、安田をとめなかった。源九郎も菅井とふたりなら、久保を斃せるとみたのである。

安田につづいて、茂次、三太郎、平太の三人が、石段にむかった。一方、久保の前に走り寄ったのは、源九郎、菅井、孫六の三人だった。望月を討ち取ったときの三人である。

捕方たちは、源九郎たちが近寄ると身を引いた。村上から、源九郎たちのことを聞いていたのかもしれない。

久保と対峙《たいじ》したのは、源九郎だった。この場に来る前に、久保はわしの手で斬る、と菅井に話してあったのだ。

久保は源九郎と対峙すると、

「老いぼれ、おれとやる気か」

と薄笑いを浮かべて言い、ゆっくりとした動きで刀を抜いた。

「久保、望月は、わしらが斬ったぞ。次は、おぬしだ」

言いざま、源九郎は抜刀した。

「やはり、うぬらの仕業か」

久保が顔をしかめた。

ふたりの間合は、およそ二間半――。まだ、一足一刀の斬撃の間境の外である。

「おれが、望月の敵を討ってやる」

久保は下段に構えた。すこし高い下段で、切っ先が源九郎の膝頭ほどの高さにむけられている。

対する源九郎は青眼に構え、剣尖を久保の目線につけた。

菅井は、久保の右手にまわり込んだ。左手には、岸際に柳が植えられていて間合がとれなかったのである。

菅井は居合の抜刀の体勢をとっていたが、久保との間合は三間ほどあった。この場は源九郎にまかせ、闘いの様子をみて加勢するつもりだった。

孫六は十手を手にしていたが、源九郎から大きく離れていた。闘いにくわわる気はないようだ。

……できる！

源九郎は、久保の構えをみて察知した。

すでに、源九郎は久保と真剣で対峙したことがあったが、そのときは構え合っただけだったのだ。

このとき、村上をはじめとする捕方たちは、桟橋に横付けになっていた屋形船の前まで来ていた。

船には、数人の船頭と遊び人ふうの男が、四、五人乗っていた。客を乗せる準備をしているらしい。

安田、茂次、三太郎、平太の四人は、捕方たちの背後にいた。捕物の様子を見て、村上たちに加勢するつもりだった。

数人の捕方が、桟橋から屋形船にかけてあった梯子《はしご》を上がって船内に踏み込もうとした。

「待て！」

村上がとめた。

村上は、遊び人ふうの男がふたり、梯子を上がったところで長脇差《ながどす》を手にして待ち構えているのを目にしたのだ。このまま梯子を上がっていけば、上から長脇差で斬りつけられる。

「船から、下りてこい！」

村上が、船上にいるふたりに声をかけた。

「てめえらこそ、上がってきやがれ！」

赤ら顔の男が、叫んだ。この男は、当初浜富に踏み込んだひとりだが、村上も安田たちも知らなかった。

「おのれ！」

村上は顔をしかめた。

船内にいる甚兵衛の子分たちを捕らえるには、屋形船に踏み込むしかなかった。だが、船に上がる梯子が使えない。

安田は、村上や捕方たちが戸惑っているのを見て、

「おれが、やる」

と言って、梯子にむかった。

七

源九郎は、久保と対峙していた。

ふたりは青眼と下段に構え、全身に気勢を込めて、気魄《きはく》で攻めていた。気攻めである。

久保は気で攻めながら、下段に構えた刀身をすこしずつ上げてきた。膝頭あたりに付けられていた剣尖が、源九郎の太股《ふともも》のあたりの高さから股間《こかん》あたりまできている。

……間合をつめている！

と、源九郎は気付いた。

久保は剣尖が上がるのに合わせて、すこしずつ間合をつめていたのだ。間合が狭まるにつれ、久保の全身に斬撃の気配が高まってきた。

一足一刀の斬撃の間境まで、後一歩——。

と、源九郎が読んだとき、ふいに久保の全身に斬撃の気がはしった。次の瞬間、久保の体が膨れ上がったように見えた。

イヤァッ！

久保が裂帛の気合を発し、一歩踏み込みざま斬り込んだ。

振りかぶりざま真っ向へ。

刹那《せつな》、源九郎は一歩身を引きざま、刀を袈裟に払った。一瞬の太刀捌きである。

久保の切っ先が空を切り、源九郎のそれは、久保の左袖を切り裂いた。

次の瞬間、ふたりは背後に大きく跳んで間合をとった。お互いが、敵の二の太刀を恐れたのである。

久保の左腕に、血の色はなかった。源九郎に斬られたのは、袖だけらしい。

「やるな！」

久保の顔に、驚愕の色が浮いた。源九郎を年寄りとみて侮っていたが、遣い手と知ったようだ。

久保は大きく間合をとったまま、あらためて下段に構えた。対する源九郎は、青眼である。

そのときだった。富沢屋の前で、何人もの女の悲鳴と男の叫び声が聞こえた。店の入口から、大勢の人が飛び出してきた。男と女である。女は、六、七人いた。富沢屋に呼ばれていた綺麗所と女中らしい。男は三人だけだった。富沢屋の包丁人と若い衆ではあるまいか。

その男女たちにつづいて、数人の捕方が店から出てきた。どうやら、飛び出してきた者たちを追ってきたようだ。

店から逃げだした者たちは、絶叫や悲鳴を上げ、足をもつれさせながら、源九郎と久保が対峙している方へ逃げてきた。

源九郎は驚いて、すこし身を引いた。久保も後ろへ下がった。そこへ、逃げてきた者たちが走り寄り、悲鳴を上げながら通り過ぎようとした。

そのときだった。何を思ったか、久保は抜き身を手にしたまま逃げてきた者たちの間に、紛れ込み、いっしょに走り出したのだ。

源九郎は呆気《あっけ》にとられ、一瞬棒立ちになって逃げる久保へ目をやったが、

「ま、待て！」

と、声を上げ、逃げ惑う集団の後ろから、久保の後を追った。

その場にいた菅井と孫六も、慌てて源九郎の後から走りだした。店から出てきた捕方たちは途中で足をとめ、それ以上追ってこなかった。店内に残っている子分を捕らえるために、店にもどったらしい。

久保は逃げる集団のなかに紛れ、川下へむかった。だが、逃げる女たちは、すぐに息が上がり、よろめくような足取りになったり、道のなかほどにへたり込んだりした。

後を追う源九郎たちは、道のなかほどにへたり込んだ者たちが邪魔になった。それに、源九郎自身の息が上がり、女たちと同じようによろよろしてきた。

孫六も息が上がって、追えなくなった。菅井だけが後を追ったが、しばらくすると足がとまった。久保の姿が見えなくなったようだ。

「に、逃げられた……」

源九郎は、屈み込んだまま動かなかった。

このとき、安田は、屋形船にかかった梯子の前に立っていた。抜き身を手にしている。安田は梯子を上がり、船上で待ち構えている長脇差を手にした赤ら顔の男を討ち取るつもりだった。

「いくぞ！」

安田は声をかけ、右手に抜き身を持ったまま、梯子を一段一段上り始めた。

「殺してやる」

赤ら顔の男が梯子の脇に立ち、長脇差を振り上げて待ち構えた。もうひとりの男も、近くに立って、長脇差を構えている。

安田は梯子を上り、頭が船縁《ふなべり》近くまでいったとき、梯子を上がる足をとめた。そして、右手に持った刀を肩に担ぐように振りかぶってから、一段上がった。

「やろう！」

叫びざま、赤ら顔の男が安田にむかって長脇差を振り下ろした。

一瞬、安田は手にした刀を横に払った。

キーン、という甲高い金属音がひびき、青火が散って、赤ら顔の男の長脇差が跳ね返った。次の瞬間、赤ら顔の男が後ろによろめいた。安田の強い払いを受けて、腰がくずれたらしい。

この隙をとらえ、安田は素早い動きで梯子を上がり、船縁から船上へ飛び下りた。

これを見たもうひとりの男が、手にした長脇差を振り上げ、

「死ね！」

と叫び、安田にむかって振り下ろした。

一瞬、安田は右手に跳んで、男の切っ先をかわしざま刀身を横に払った。素早い動きである。

安田の切っ先が、男の腹をえぐった。

男は呻《うめ》き声を上げ、両手で腹を押さえて、その場にうずくまった。男の指の間から、血が滴り落ちている。

赤ら顔の男は、仲間が腹を斬られたのを見て、悲鳴を上げてその場から逃げた。

桟橋から、安田と船上にいた男たちとの斬り合いの様子を見ていた村上が、

「船に乗り込め！」

と、声を上げた。

その声で、桟橋にいた捕方たちが次々に梯子を上がり、屋形船へ乗り込んだ。

船内にいた船頭や甚兵衛の子分たちは、捕方に抵抗しなかった。逃げられないと思い、観念したのだろう。赤ら顔の男も、捕方たちの縄を受けた。

八

安田たち四人は、屋形船にいた男たちは村上にまかせ、桟橋から通りへもどった。源九郎や菅井たちのことが気になっていたのである。

「安田の旦那、華町の旦那ですぜ」

茂次が、通りの先を指差した。

見ると、源九郎、菅井、孫六の三人がこちらに歩いてくる。三人とも、がっかりしたように肩を落としていた。

「久保は、逃がしたのか」

安田が、足早に源九郎たちに近付いて訊いた。

「逃げられたよ」

源九郎が、逃げられたときの様子をかいつまんで話した。

菅井が源九郎の話が終わるのを待って、

「屋形船にいた者は、どうした」

と、安田に訊いた。

「捕らえた。いまごろ、村上どのの手で、船から連れ出されているはずだ」

安田が、船には船頭と甚兵衛の子分らしい男がいただけだと話した。

「甚兵衛は、どうしたかな」

源九郎は、富沢屋のなかがどうなったか、気になった。

「行ってみるか」

源九郎たちは、富沢屋に足をむけた。

富沢屋の入口の格子戸は、あいたままになっていた。なかで、男たちの声や呻き声などが聞こえた。

源九郎たちが店に入ると、正面が狭い板間になっていて右手に帳場があった。その帳場に、十人ほどの男の姿があった。

「栄造がいやす」

孫六が、声を上げた。

栄造の他に、捕方らしい男たちと縄をかけられて座り込んでいる男がふたりいた。縄をかけられているひとりは、大柄ででっぷり太っていた。年配に見える。

口を引き結び、そばに立っている捕方たちを睨《にら》むように見据えている。

もうひとりは、小袖に角帯姿の若い男だった。捕方の十手か六尺棒で殴られたらしく、左の額が赤く腫《は》れ、血が滲《にじ》んでいた。

……大柄な男が、甚兵衛かも知れぬ。

と、源九郎は思った。

源九郎たちが帳場に入ると、

「華町の旦那、甚兵衛をお縄にしやしたぜ」

栄造が声高に言った。

やはり、大柄な男が甚兵衛らしい。

源九郎たちは、甚兵衛を取り囲むように立つと、

「甚兵衛、屋形船にいた子分たちも捕らえたぞ。観念するんだな」

源九郎が甚兵衛を見据えて言った。

「てめえたちが、貧乏長屋の者たちか」

甚兵衛が憎悪に顔をしかめて言ったが、すぐに視線を源九郎たちからそらせてしまった。口を引き結んで、膝先に視線を落としている。

「甚兵衛、久保の塒《ねぐら》はどこだ」

源九郎は、甚兵衛なら久保の住処《すみか》を知っているのではないかと思った。

「知らねえ」

甚兵衛は、顔も上げなかった。

「久保はな、ここから逃げ出した女たちといっしょに逃げたのだ。……ここにもどれば、おまえたちを捕方の手から守れたのにな」

源九郎が言った。

「……！」

甚兵衛の顔が憤怒にゆがんだ。

「久保の塒は、どこだ」

源九郎が語気を強くして訊いた。

甚兵衛は怒りに顔を染めたまま、

「浅草の三間町《さんげんちょう》と聞いている」

と、低い声で言った。

「三間町のどこだ」

浅草三間町は、浅草寺の南にひろがっている、ひろい町だった。三間町というだけでは、探しようもない。

「おれは、行ったことがないので、三間町のどこか知らねえ。……そこにいる若いやつに訊いてみろ」

そう言って、縄をかけられている若い男に顔をむけて顎をしゃくった。

源九郎は、若い男の前に立った。菅井や安田たちも若い男のそばに行って、取り囲んだ。

「名は」

源九郎が訊いた。

若い男は、戸惑うような顔をして口をつぐんでいたが、

「次助《じすけ》で……」

と、首をすくめて名乗った。

「久保の塒は、どこだ」

源九郎が訊いた。

「三間町でさァ」

「三間町は、分かっている。三間町のどこだ」

源九郎の声が、大きくなった。

「近くに、美崎屋《みさきや》ってえ料理屋がありやす」

「美崎屋な。……それで、久保が住んでいるのは長屋か」

久保は牢人なので、借家か長屋住まいだろう、と源九郎はみた。

「情婦《いろ》と、借家に住んでやす」

「そうか」

源九郎は、それだけ分かれば、久保の塒はつきとめられると思った。

源九郎たちが、若い男から久保の隠れ家を聞き終えたとき、戸口の格子戸があいて、村上たちが入ってきた。屋形船での捕物を終えたらしい。

第六章　時雨《しぐれ》

一

「菅井、長屋にいたらどうだ」

源九郎が、戸口に立っている菅井に言った。

源九郎たちが捕方といっしょに富沢屋と屋形船に踏み込み、甚兵衛と子分たちを捕らえた翌日だった。

源九郎、安田、孫六の三人で三間町に出かけ、久保の塒《ねぐら》をつきとめて討つつもりだった。

菅井に声をかけなかったのは、甚兵衛たちを捕らえたことで、岡造とおあきが浜富に帰る見込みがたち、ここ二、三日の内にはぐれ長屋を出ることになったからだ。ふたりが、長屋にいる間だけでも、菅井は長屋にいてやるように、源九郎から話してあったのだ。

「岡造とおあきは、今日も長屋にいるのでな。おれが長屋に残っても、やることがないのだ」

菅井が照れたような顔をした。

「そうか」

「ふたりが浜富にもどっても、いつでも飲みに行ける。長屋にいるときと、何の変わりもない」

菅井が言った。

「それなら、いっしょに行こう」

菅井も、久保を討って始末をつけたいのだろう、と源九郎は思った。

源九郎たち四人は長屋を出ると、竪川沿いの通りを経て奥州街道を北にむかい、駒形町まで来た。

「この通りを入った先が、三間町ですぜ」

孫六が、通りの左手を指差して言った。

「ともかく、三間町まで行ってみよう」

源九郎たちは、左手の通りに入った。

しばらく歩いて、孫六が通りかかった近所の住人らしい男に、どの辺りから三間町かと訊くと、

「ここは、三間町ですぜ」

そう言って、この先にも三間町がつづいていることを話した。

「美崎屋という料理屋を知っているかい」

さらに、孫六が訊いた。

「知らねえなァ。……それに、この辺りに、料理屋はねえよ」

男が言った。

言われてみれば、通り沿いには小体《こてい》な八百屋やそば屋などがあるだけで、料理屋らしい店は見当たらなかった。

「料理屋は、どの辺りにあるんだい」

「この先が四辻になっているから、そこを右手にまがってな、浅草寺方面に行くといい。すこし歩くと、料理屋があるはずだ」

男はそう教えると、すぐに歩きだした。

源九郎たちが路地をしばらく歩くと、四辻に突き当たった。

「こっちですぜ」

孫六が先にたって左手におれた。

そこは大きな通りで、人通りも多かった。浅草寺に通じている道かもしれない。参詣客や遊山《ゆさん》客らしい者が目についた。

その通りをいっとき歩くと、道沿いに料理屋らしい二階建ての店があった。だが、美崎屋ではなかった。店の入口の脇の掛け行灯《あんどん》に、別の店の名が記してあったのだ。

それから、源九郎たちが一町ほど歩くと、また料理屋らしい店があった。二階建ての大きな店である。

「あっしが、見てきやす」

孫六が小走りに店にむかった。

孫六は店の前まで行くと、入口の掛け行灯に目をやっただけで、すぐにもどってきた。

「美崎屋ですぜ」

孫六によると、掛け行灯に美崎屋の店名があったという。

「久保の塒は、借家だったな」

源九郎は通りを見渡したが、借家らしい建物はなかった。通り沿いには、料理屋、一膳めし屋、そば屋などの飲み食いできる店が多く、長屋や借家など町人の住居は見当たらなかった。

「近所の者に、訊《き》いてみるか」

源九郎は、通り沿いにあった笠屋を目にとめた。店先に、菅笠《すげがさ》と網代笠《あじろがさ》が吊してあった、店のなかには、八ツ折り笠も積んである。源九郎は、店先にいたあるじらしい男に近寄り、

「ちと、訊きたいことがあるのだがな」

と、声をかけた。

「なんでしょうか」

あるじらしい男が、売り物の菅笠を手にしたまま言った。物言いは丁寧だが、無愛想な顔をしていた。客ではないと分かったからだろう。

「この辺りに、借家はないかな」

源九郎が訊いた。

「この通りに、借家はありませんが……」

あるじらしい男はそう言った後、何か思い出したような顔をして、

「そこの美崎屋の脇の路地を入った先にありますよ」

と、美崎屋を指差して言った。

「行ってみよう」

源九郎はあるじらしい男に礼を言い、美崎屋に足をむけた。

菅井たちも、源九郎についてきた。

美崎屋の前まで行くと、店の脇に路地があった。路地沿いに、八百屋、漬物屋、豆腐屋などの小体な店が並んでいた。まばらだが、行き来するひとの姿もあった。土地の住人が多いようだった。

「この路地だな」

源九郎たちは、路地に入った。

いっとき歩くと、店はすくなくなり、行き来する人の姿もあまり見られなくなった。仕舞屋《しもたや》や空き地などが、目につく。

「旦那、借家のようですぜ」

孫六が、前方を指差して言った。

路地沿いに、借家らしい建物が二軒あった。同じ造りの小体な家である。

「あれだな」

源九郎は、どちらかの家が久保の塒だろうと思った。

「旦那、あっしが訊いてみやす」

孫六が、通りかかった幼子を連れた年増《としま》に、

「ちょいと、すまねえ」

と、声をかけた。

「なんですか」

年増は不安そうな顔をして、幼子を抱き上げた。因縁でもつけられて、金を脅し取られるとでも思ったのだろうか。

「そこにある借家に、お侍が住んでると聞いてきたんだがな。どっちの家か、知ってるかい」

孫六が訊いた。

「手前の家ですよ」

すぐに、年増が答えた。

「いまも、いるかな」

「知りません」

年増は、幼子を抱いたまま逃げるように孫六の前から離れた。

二

源九郎たちは人目につかないように、四人ばらばらになり、通行人を装って借家に近付いた。

源九郎は手前の借家の戸口まで行くと、すこし歩調をゆるめ、聞き耳をたてた。

家のなかでかすかな足音がし、おまえさん、と呼ぶ女の声が聞こえた。

……久保はいる！

源九郎は、胸の内で声を上げた。

源九郎はそのまま通り過ぎ、半町ほど歩いた先で足をとめた。そして、後続の菅井たちを待った。

菅井、安田、孫六の三人が、源九郎のまわりに集まったところで、

「久保は、家にいるぞ」

と、源九郎が言った。

「あっしも、声を聞きやした」

孫六が振り返って、借家に目をやった。

「どうする」

源九郎が訊いた。

「久保を斬ろう」

菅井が言うと、安田がうなずいた。

「久保は、わしにやらせてくれ。柳橋で、借りがあるからな」

と、源九郎が言った。

「様子をみて、おれも仕掛けるぞ」

「おれもだ」

菅井と安田が、つづけて言った。

源九郎は無言でうなずき、借家にむかって歩きだした。菅井と安田がつづき、孫六はすこし遅れてついてきた。

源九郎はひとり、久保の住む借家の戸口にむかった。

菅井と安田は家の近くまで来ると、家の脇に身を隠した。孫六は、すこし離れた路傍に立ったまま源九郎に目をやっている。

源九郎は、戸口の板戸に身を寄せた。

家のなかから、久保と女の話し声が聞こえた。茶でも飲んでいるようだ。戸口近くの座敷にいるらしい。

源九郎は板戸をあけた。

土間の先が狭い板間になっていて、その奥の座敷に久保と年増がいた。久保は湯飲みを手にしていた。年増が淹《い》れた茶を飲んでいるようだ。

久保は、いきなり入ってきた源九郎を見て目を剝《む》き、

「華町か！」

叫びざま、湯飲みを膝の脇に置き、傍らにあった大刀を手にした。

「お、おまえさん、この男《ひと》は！」

年増が、声を震わせて訊いた。

「この年寄りは、おれに斬られに来たのよ」

久保は嘯《うそぶ》くように言うと、刀を手にして立ち上がり、

「ひとりか」

と、源九郎に訊いた。

「おぬしを斬るのは、わしひとりだ」

そう言うと、源九郎は久保に体をむけたまま後じさり、あいたままになっている表戸の間から外に出た。

久保は、ゆっくりと戸口の方へ歩いてきた。

「お、おまえさん、何をするんだい」

年増が、声を震わせて訊いた。

「なに、爺《じい》さんを始末して、すぐもどる。おせんは、茶でも飲んで待っていろ」

久保はそう言い置いて、戸口から出た。女の名は、おせんらしい。

久保は、路地に立っている源九郎と相対すると、

「華町、よくここが分かったな」

と、訊いた。まだ、両手は、脇に下ろしたままである。

「甚兵衛の手先が、話したのだ」

「そうか」

「甚兵衛も捕らえた。残るは、おぬしだけだ」

源九郎は左手で鍔元《つばもと》を握り、鯉口《こいぐち》を切った。

そのとき、借家の脇に姿を隠していた菅井と安田が姿を見せた。そして、菅井が久保の背後に回り込み、安田は左手に足をむけた。

「さ、三人がかりか！」

久保が声をつまらせて言った。顔が、ひき攣《つ》ったようにゆがんでいる。

「相手は、わしひとりだ。ふたりは、おぬしの逃げ道をふさいだのだ」

源九郎はそう言った後、

「抜け！　久保、柳橋での決着をつけてやる」

と、声を上げた。

「おのれ！」

久保が抜刀した。

ふたりの間合は、およそ三間──。

柳橋で立ち合ったときより、半間ほど遠間《とおま》だった。

久保は、下段に構えた。切っ先を源九郎の膝頭ほどの高さにつける、すこし高い下段である。

源九郎は、青眼だった。剣尖《けんせん》が久保の目線につけられている。

ふたりとも、腰の据わった隙のない構えだった。ふたりは、下段と青眼に構えたまま動かなかった。全身に気勢を漲《みなぎ》らせ、斬撃の気配を見せて気魄《きはく》で攻め合っている。

久保は気で攻めながら、下段から刀身をすこしずつ上げてきた。源九郎の膝頭あたりに付けられた剣尖が、太股《ふともも》から股間《こかん》あたりへ──。剣尖が上がるのに合わせて、久保は源九郎との間合をつめてきた。大川端で、立ち合ったときに見せた動きである。

……一寸の間が、勝負を決する！

と、源九郎は胸の内で思った。

三

源九郎は、青眼に構えたまま動かなかった。気を静めて、ふたりの間合と久保の気の動きを読んでいる。

と、久保が動いた。ジリジリと、間合をつめてくる。その動きに合わせ、剣尖が源九郎の臍《へそ》のあたりまで上がってきた。下段から、低い青眼の構えに変わっている。

……後一歩！

源九郎は、一足一刀の斬撃の間境まで後一歩とみた。

久保の右足がわずかに前に出た、と源九郎が感じた瞬間だった。久保の全身に、斬撃の気がはしった。

イヤアッ！

久保が裂帛《れっぱく》の気合を発し、斬り込んできた。

振りかぶりざま袈裟《けさ》へ。

閃光《せんこう》が、稲妻のように疾《はし》った。

……躱《かわ》す間はない！

と、感知した源九郎は、一瞬、身を後ろに反らせた。体が勝手に反応したといってもいいだろう。

久保の切っ先が、源九郎の顎《あご》の辺りをかすめて空を切った。

源九郎は身を後ろに反らせながら、逆袈裟に斬り上げた。体が勝手に反応したのである。

源九郎の切っ先が、久保の前に伸び右の前腕をとらえた。

源九郎は、すぐに体勢をたてなおして青眼に構えた。久保は大きく後ろへ跳んで間合をとった。

ふたりは、およそ三間の間合をとってふたたび対峙《たいじ》した。

久保の前腕から流れ出た血が、赤い糸のように見えた。だが、深手ではなかった。源九郎の一撃は、久保の右腕の皮肉を斬り裂いただけである。

「おれの下段くずし、よくかわしたな！」

久保が、目をつり上げて言った。源九郎にむけられた双眸《そうぼう》が、燃えるようにひかっている。

どうやら、久保は下段の構えをくずしながら、敵との間合をつめて斬り込む剣を、下段くずしと呼んでいるらしい。おそらく、久保が多くの真剣勝負のなかで身につけた特異の刀法であろう。

源九郎と久保は、青眼と下段に構えたまま動かなかった。ふたりとも気魄で、敵を攻めている。

源九郎は、久保が動かないとみて、

「いくぞ!」

と声をかけて、先《せん》をとった。

源九郎は全身に気勢をこめ、斬撃の気配を見せながら、足裏を摺《す》るようにして久保との間合をつめていく。

と、久保も動いた。

久保が、下段からゆっくりと剣尖を上げ始めた。だが、間合はつめてこなかった。その場に立ったままである。

源九郎の動きに合わせるように、久保はゆっくりと剣尖を上げてくる。

久保の剣尖が源九郎の膝頭から腿《もも》、さらに股間から臍の辺りまで上がってきた。それにつれ、久保の全身に斬撃の気が高まってきた。

ふいに、源九郎の寄り身がとまった。

一足一刀の斬撃の間境まで、あと半間——。

そのとき、ふいに源九郎が動いた。

全身に斬撃の気配を見せ、つつッ、と摺り足で間合をつめたのである。

その動きで、久保の全身に斬撃の気がはしった。

イヤアッ！

裂帛の気合を発しざま、久保が斬り込んだ。

踏み込みざま、袈裟へ。

刹那《せつな》、源九郎も青眼から袈裟へ斬り込んだ。

袈裟と袈裟——。二筋の閃光が、ふたりの眼前で合致し、甲高い金属音がひびいて、青火が散った。

ふたりの刀身は、合致したまま動かなかった。

鍔迫《つばぜ》り合《あ》いである。ふたりは、相手を睨《にら》むように見据えて刀身を押した。ふたりの息の音と刀の刃《は》の嚙み合う音が聞こえた。

と、久保の刀身が、源九郎に押されて揺れた。右腕の傷のせいで、十分に力が入らなかったようだ。

久保は体勢をくずしながら後ろへ跳んだ。この一瞬の隙を、源九郎がとらえた。

タアッ！

鋭い気合を発し、ふりかぶりざま袈裟へ。

その切っ先が、久保の肩から胸にかけて小袖を斬り裂いた。

あらわになった胸の肌が、裂けて赤くひらいた。次の瞬間、血が迸《ほとばし》り出た。深い傷である。

久保は血を撒《ま》きながらよろめいたが、足をとめると、がっくりと膝を折った。

久保はその場にへたり込んだが、睨むように源九郎を見据えている。

源九郎は久保の前に立ち、

「おぬしほどの腕がありながら、なぜ甚兵衛の子分などになったのだ」

と、訊いた。

久保は、まだ壮年だった。久保ほどの腕があれば、武士として剣で生きていけるはずである。

「わ、若いころ、剣で身を立てようと、思ったこともある。だが、剣など、仕官には何の役にもたたぬ」

久保が苦しげに顔をしかめて言った。

「そうか……」

源九郎にも、似たような経験があった。若いころ、剣で身を立てようと思い、鏡新明智流の桃井道場で稽古に励んだ。だが、出世どころか、非役のままだった。結局家を継いだときの五十石取りのままで、倅に華町家を譲ったのだ。

源九郎だけではなかった。菅井も安田も剣の遣い手だが、貧乏長屋の暮しをつづけている。

久保の顫《ふる》えが、激しくなってきた。上半身が血まみれである。

「こ、殺せ……」

久保が喘《あえ》ぎながら言った。

源九郎は久保を生かしておけば、苦しめるだけだと思い、

「承知」

と言って、刀の切っ先を久保にむけ、胸を突き刺した。

グッ、と喉のつまったような呻《うめ》き声を洩《も》らし、久保が上半身を後ろに反らせ

た。

源九郎が刀を抜くと、久保の胸から血が奔騰《ほんとう》した。切っ先で、心ノ臓を突き刺したのである。いっときすると、久保の首ががっくりと前に落ちた。絶命したようだ。

「おれたちも、久保と似たような境遇だな」

いつ来たのか、安田が久保に目をやりながら言った。

「長屋暮しは、気楽でいい。……それに、将棋相手もいるし、酒も飲めるからな」

菅井が言うと、

「それに、いい女もいやす」

孫六が、上目遣いに菅井を見ながら言った。

四

その日、菅井は暗くなってから、自分の家に足をむけた。自分の家といっても、いまはおあきと岡造が住んでいる。

菅井が腰高障子をあけて土間に入ると、座敷にいたおあきが急いで上がり框《がまち》の

そばに来た。そして、菅井が怪我でもしていないか確かめるように、菅井の体に目をやりながら、

「だ、旦那、心配してたんですよ」

と、声をつまらせて言った。

おあきは、菅井が源九郎たちと久保を討ちに行くことを知っていたのだ。

岡造も、土間のそばにきて座った。

おあきの顔に、安堵《あんど》の色が浮いた。菅井が無事だと知ったからだろう。

「おれは、見てただけだよ」

そう言って、菅井は上がり框に腰を下ろした。座敷に上がるつもりはなかった。おあきと岡造にこれからどうするか聞いて、安田の家へもどるつもりだった。

「これで、始末がついたわけですか」

岡造が小声で訊いた。

「始末がついた。二度と、浜富に手を出すことはない」

菅井が、強いひびきのある声で言った。

「あ、ありがとうございます。みんな、菅井さまたちのお蔭です。何と、お礼を

言えばいいのか……」

岡造が涙声で言い、額が畳に突くほど頭を下げた。

「ところで、いつ店に帰る」

菅井が、おあきと岡造に目をやって訊いた。

おあきは、ハッとしたような顔をしたが、岡造に目をやっただけで、何も言わなかった。

「浜富を、ひらきたいのですが」

岡造が言った。

「ひらける。すぐにもな」

「それなら、明日にも店に帰ります」

岡造が言うと、おあきがうなずいた。おあきは、がっかりしたような顔をして、上目遣いに菅井を見ている。おあきは、菅井に長屋にとどまるように言って欲しかったのかもしれない。

「うむ……」

菅井は胸の内で、おあきを引き止めることはできない、と自分に言い聞かせた。おあきは、長屋で菅井と暮すより、若い男といっしょになって岡造の跡を継ぎ、浜富をつづけていくのが、一番の幸せであろう。

おあきは、菅井が何も言わないのでがっかりしたのか、恨めしそうな顔をして上目遣いに菅井を見た。

「明日、店まで送って行く」

菅井はそう言って、腰を上げた。

腰高障子をあけると、いつ降り出したのか、雨になっていた。しとしとと、時雨《しぐれ》が降っている。

長屋は、ひっそりと寝静まっていた。菅井は肩をすぼめ、時雨のなかを安田のいる家にむかった。


翌朝、雨はやんでいた。ただ、空は厚い雲におおわれていたので、いつ降ってくるか分からない。

五ツ（午前八時）過ぎだった。長屋はひっそりとしていた。ときおり、赤子の泣き声や子供を叱る母親の声などが聞こえてくる。

菅井は、いつもより遅く起きたので朝めしは食わず、顔を洗っただけだった。

もっとも、安田が朝めしを炊かなかったのだ。安田は独り暮しのせいもあって、朝めしを抜くことが多かった。

「菅井、岡造とおあきは、今日、浜富に帰るのではないか」

安田が訊いた。

「そうらしい」

菅井は、あえて他人事《ひとごと》のような顔をして言った。

「行ってやらなくていいのか」

「ふたりが長屋を出るころ、顔を出すつもりだ。……いまごろ、部屋の片付けをしているのではないかな」

「あそこは、おまえの家ではないか」

「まァ、そうだ」

「行ってやれ。ふたりは、菅井が来るのを待ってるはずだぞ」

「うむ……」

菅井は渋い顔をした。

「それにな、おまえがいなければ、困るのではないか。どう片付けていいか、分からないことがあるはずだ」

「そうかな」

菅井は、おあきたちといっしょに、家の片付けをしようかと思った。

「おれも、いっしょに行く。……菅井、片付けが終わったらな、ふたりを浜富まで送っていくのだ」

安田が菅井に身を寄せて言った。

「そこまでしなくてもいい」

「酒とめしだよ」

安田が菅井を上目遣いに見た。

「どういうことだ」

「浜富には、酒がある。おれたちが、店まで送っていけば、岡造が一杯飲んでくれと言うはずだ。すぐに、肴《さかな》を用意できまいが、おあきが、近くの店で煮染でも買ってくる。……おあきは、気が利くからな」

安田が言った。

「そうか。酒と肴が、めし代わりだな」

菅井も、安田の言うとおりになるような気がした。

「手伝いに、いくぞ」

安田は腰高障子をあけて外に出た。

五

菅井の家の前に、何人も集まっていた。お熊やおまつなど長屋の女房連中が多かったが、三太郎と平太の姿もあった。

菅井は戸口まで来ると、

「どうした、入らないのか」

と、お熊たちに訊いた。

「家の片付けは、終わったようだし、することは何もないようだよ」

お熊が言った。

「ここで、何をしているのだ」

菅井は、やることがないなら、戸口に立っていても仕方がない、と思ったのである。

「あたしら、岡造さんたちを見送りに来たんだよ。そう長くないけど、ふたりは長屋に住んでたんだからね」

お熊が言うと、そばにいた女房連中がうなずいた。

「見送りか」

そうつぶやいて、菅井は腰高障子をあけた。

土間に、茂次と孫六が立っていた。上がり框に、源九郎が腰を下ろしていた。座敷には、岡造とおあきが座っている。ふたりの脇に、大きな風呂敷包みがふたつあった。長屋暮しで使っていたふたりの衣類や夜具などが、入っているらしい。

お熊が口にしていたとおり、片付けはすっかり終わっていた。家のなかも、菅井がいたころより綺麗《きれい》になっているようだ。

おあきが、入ってきた菅井を見て、

「菅井の旦那!」

と、声を上げた。

「片付けは、終わったようだな」

菅井が照れたような顔をして言った。

「ふたりは、浜富に帰る用意を終えてな、菅井が来るのを待っていたのだ」

源九郎が口をはさんだ。

「もう帰るのか」

菅井が、おあきと岡造に目をやって訊いた。

「早く店に帰って、商売を始めたいもので」

岡造の声に、意気込みが感じられた。

それから、菅井がくわわり、いっとき話してから岡造とおあきが立ち上がった。いよいよ長屋から浜富に帰るのである。

ふたりが風呂敷包みを手にして土間まで来ると、

「おあき、風呂敷包みを持ってやろう」

菅井がそう言って、脇から風呂敷包みを摑《つか》んだ。

菅井は、おあきたちを浜富まで送っていくつもりだった。

おあきは、戸惑うような顔をしたが、「すまないわねえ」と言って、風呂敷包みを菅井に手渡した。

戸口から出ると、雨は上がっていた。ただ、空は厚い雲でおおわれていたので、いつ降り出すか分からない。

菅井たちは岡造とおあきを送るため、路地木戸にむかった。戸口にいたお熊たちも、岡造とおあきの後ろからついてきた。

お熊たち長屋の女房連中は、路地木戸まで来て足をとめた。そこで、岡造とおあきを見送るつもりらしい。

路地木戸を出た後、岡造たちといっしょに浜富にむかったのは、菅井、安田、源九郎の三人だった。

源九郎も菅井たちと同じように朝めしを食っていなかったので、浜富で一杯飲みながら何か食べさせてもらおうと思っていたのだが、そのことは口にしなかった。

菅井たちが竪川沿いの道まで来たとき、また雨が降ってきた。

「雨だわ」

おあきがそう言って、菅井が背負っていた風呂敷包みに身を寄せた。大きな風呂敷包みの陰にまわって、雨に濡れないようにしているようにも見える。

菅井は、何も言わなかった。

……こんなふうに歩くのも、今日で終わりだ。

と、胸の内でつぶやいただけである。

ふたりは、時雨のなかを無言で歩いた。竪川沿いの道は雨のせいか人影はなく、ひっそりとしていた。ふたりの足音と雨音が、聞こえるだけである。

前方に、浜富が見えてきた。何の変わりもなかった。隣の料理屋は壊され、土台と一部の柱だけが残っていた。甚兵衛が捕らえられたので、前の持ち主に返されるのではあるまいか。

浜富の前まで行くと、岡造が、

「旦那たちは、ここで待っててくだせえ」

と言って、おあきとふたりで、店の裏手にまわった。裏手から入って、表の板戸をあけるつもりらしい。

源九郎たちが戸口でいっとき待つと、板戸があいた。源九郎と安田が岡造を手伝って、全部の戸をあけると、店のなかが明るくなった。

「変わりないな」

菅井が言った。

多少、埃《ほこり》っぽかったが、店内は以前のままだった。

「酒なら、ありますが」

岡造が男たちに目をやって言った。

「頼むか」

菅井が目尻《めじり》を下げて言った。

源九郎も安田もその気になり、長床几《ながしようぎ》に腰を下ろした。

「わたし、近くで煮染でも買ってくる」

おあきが、傘を手にして店から出ていった。小雨だが、まだ降っている。

安田が菅井に身を寄せ、

「どうだ、おれの言ったとおりではないか」

と、小声でつぶやいた。

「そうだな」

菅井は、店から出ていったおあきの後ろ姿に目をやり、

……おれは、浜富の客のままでいい。

と、胸の内でつぶやいた。

傘をさして歩くおあきの後ろ姿が、時雨のなかに遠ざかっていく。

双葉文庫

と-12-52

はぐれ長屋《ながや》の用心棒《ようじんぼう》

居酒屋《いざかや》恋《こい》しぐれ

2017年12月17日　第1刷発行

【著者】
鳥羽亮《とばりょう》

【発行者】
稲垣潔

【発行所】
株式会社双葉社
〒162-8540 東京都新宿区東五軒町3番28号
［電話］03-5261-4818(営業)　03-5261-4833(編集)
www.futabasha.co.jp
(双葉社の書籍・コミックが買えます)

【印刷所】
慶昌堂印刷株式会社

【製本所】
株式会社若林製本工場

【表紙・扉絵】南伸坊
【フォーマット・デザイン】日下潤一
【フォーマットデジタル印字】飯塚隆士

落丁・乱丁の場合は送料双葉社負担でお取り替えいたします。
「製作部」宛にお送りください。
ただし、古書店で購入したものについてはお取り替えできません。
［電話］03-5261-4822(製作部)

定価はカバーに表示してあります。

ISBN978-4-575-66863-6 C0193
Printed in Japan

鳥羽亮

はぐれ長屋の用心棒
うつけ奇剣

長編時代小説
〈書き下ろし〉

何者かに襲われている神谷道場の者たちを助けた華町源九郎と菅井紋太夫。道場主の妻に亡妻の面影を見た紋太夫は、力になろうとする。

鳥羽亮

はぐれ長屋の用心棒
銀簪《ぎんかんざし》の絆

長編時代小説
〈書き下ろし〉

大店狙いの強盗「聖天一味」の魔の手を恐れた長屋の家主「三崎屋」が華町源九郎たちに店の警備を頼んできた。三崎屋を凶賊から守れるか。

鳥羽亮

はぐれ長屋の用心棒
烈火の剣

長編時代小説
〈書き下ろし〉

はぐれ長屋に引っ越してきた訳ありの父子。三人の武士に襲われた彼らを助けた華町源九郎たちは、思わぬ騒動に巻き込まれてしまう。

鳥羽亮

はぐれ長屋の用心棒
美剣士騒動

長編時代小説
〈書き下ろし〉

敵に追われた侍をはぐれ長屋に匿った源九郎。端整な顔立ちの若侍はたちまち長屋の人気者となるが……。大好評シリーズ第三十弾！

鳥羽亮

はぐれ長屋の用心棒
娘連《こ》れの武士

長編時代小説
〈書き下ろし〉

はぐれ長屋に小さな娘を連れた武士がやってきた。源九郎たちは娘を匿うことにするが、どうやら何者かが娘の命を狙っているらしく……。

鳥羽亮

はぐれ長屋の用心棒
磯次の改心

長編時代小説
〈書き下ろし〉

はぐれ長屋の周辺で殺しが立て続けに起きた。源九郎は長屋にまわし者がいるのではないかと怪しむが……。大好評シリーズ第三十二弾。

鳥羽亮

はぐれ長屋の用心棒
八万石の危機

長編時代小説
〈書き下ろし〉

かつて藩のお家騒動の際、はぐれ長屋に身を寄せた青山京四郎の田上藩に、またもや不穏な動きが……。源九郎たちが再び立ち上がる！